想象另一种可能

什么是自由什么是爱

水木丁 著

广西师范大学出版社
·桂林·

自序

优美地低于生活

十几年前我开始写东西时，还在学校做英文老师，那时候的我十分厌倦那个城市，冬天寒冷漫长，春天短暂也并不美好，我生活里的一切都让我透不过气来，它就像是一座关押着我的监狱，更糟糕的是，我深信自己一定会死在那里，一辈子哪儿都去不了。这种想法始终困扰着我，让我沮丧，为了逃避自杀的念头，我开始写作，然后事情就发生了，我身体里生长出了一根歪七扭八的枝丫，偷偷地从那铁窗中伸展出去，长啊长，长得越过了屋檐，晒到了太阳，淋到了雨水，后来甚至开出了一些小花朵，春天来的时候，也会有些隐隐的小芬芳。我当时写作的目的很纯粹，也很简单，就是要努力摆脱生活强加给我

的种种限制，攀上可以看得到天空的高枝儿去，因为我觉得那里的空气会好一些，也许可以让我自由地呼吸。和大多数困于一地鸡毛中的年轻人一样，我希望超越自己平庸的生活，所以我要求自己的写作必须是纯粹的文学写作，如果我没有写诗的天分，那么我将只写小说，对于世俗中的那些事，我认为关注和讨论都是一种堕落，我拒绝对它们发表任何看法，将世俗逐出我的写作，这就是我最初的反抗。

这次在整理书稿的过程中，我发现自己早已不是当初的那个我，从一心只想逃离出世，到坦然地入世，这恰恰是写作带给我的潜移默化的转变。因为写小说需要素材，需要丰满的生活细节，我开始学习用心去观察身边的人，不仅观察，还必须比别人思考得更深入，更透彻，对生活中那些熟视无睹的事情，需要多问一个“为什么”，要尽量能够不带偏见地去理解和懂得，久而久之，我积累下了这些文章，于是就有了今天这本书。为了写这些文章，记录下我对这个世界的一些不成熟的看法和想法，要一点点地用放大镜去仔细观看和研究这些生活的碎片，这是我从前不屑于去做的事，如今却觉得受益匪浅。我从前认为写作可以让我感受到自由，这自然没错，但让我没有想到的是，它给我的不是向上飞升的翅膀，而是一种向下的力量，我没有向自己所期待的那样变成一只鸟，摆脱地心的引力，而是长成了一棵树，我的树根深深地向下去生长，枝丫则放肆地伸

向天空，这生长是没有止境的，让我开始越来越喜欢活下去，我想这是生活借写作的方式向我传达的善意，为此我深深地感激。

人们总是觉得自由在高处，但是低低地向下去寻求自由，这是树知道的事，水知道的事。一棵小树苗要将根深深地扎入泥土之中，才能长成参天大树，一粒小水滴要一直向下流去，才能寻找到海。有一次我在旅途中丢掉了自我，我看着眼前壮丽的山河，觉得自己和山上的一棵树，海里的一滴水没什么区别，都不过是宇宙中的一粒微尘，这让我松了一口气，终于释然。这渺小让我觉得内心安宁，因为我不再是孤独地生存于万物之外的一个什么东西，我就是这山，是这海，它们也是我。把自己降到最低，这也是一种最骄傲的态度，将自己打碎，化成灰，化成尘，融入泥土之中，与江河山川成为一体，也是一种可以傲视世间一切荣华、不再被它束缚和制约的自由。

顾城说 ："因为你要做一朵花，才会觉得春天离开你 ；如果你是春天，就没有离开，就永远有花。"比起从前向往飞翔在高处的自由，我更喜欢现在这种从泥里长出来的自由，因为飞翔于高处的自由注定孤绝，从泥里长出来的自由，可以繁茂成一片春天，而那些开在春天里的花，就是爱。

把自己长成一片春天，就永远会有花。当一个人真正得到了自由，就一定会有爱。

2015 年 11 月 29 日于北京

CONTENTS
目 录

01-128 chapter 1

张爱玲为什么不自杀

接触文学，接触世界文学，不啻是逃出民族虚荣心的监狱、市侩的监狱、强迫性的地方主义的监狱、愚蠢的学校教育的监狱、不完美的命运和坏运气的监狱。文学是进入一种更广大的生活的护照，也即进入自由地带的护照。

——苏珊·桑塔格

张爱玲为什么不自杀

前一段时间看蔡康永写张爱玲的文章里说：“凡有边界的，皆是地狱——人生是监狱。”

又说：

> 很多人要被拉出去处决了，就大呼小叫，拼命扳住门框不放，搞得其他囚犯心情都变得很坏。当然也有微笑退场，也有发表激昂演说再赴刑的。
>
> 也有人，在大家的注视之下，悄无声息地，越狱了……
>
> 张爱玲不见了。
>
> 越狱成功。

很多人悄无声息地死了，很多人越狱成功。

可是张爱玲，是人生的重刑犯——

她从人生狠狠劈下几块黄金、犯下几件巨案，再大大留下几条线索，然后，飘然远去。

看完有所悟，当初刚看完《小团圆》的时候，读了篇书评，作者说有一个困扰了她很多年的问题，那就是张爱玲晚年为什么不自杀？当时我看到这句话感到很不高兴，觉得作为对他人最基本的尊重，任何人都不该向别人问出这样的问题，要死你自己怎么不去死。但是后来看了蔡生的文章。从另外的角度想了想，就对之前的耿耿于怀一笑了之了。

米兰·昆德拉在《不朽》里，曾经把人类的灵魂分为两类，一种是做加法的灵魂，一种是做减法的灵魂，做加法的人要不断地表现自我，突出自我，要让人们看到自己走在街上，听到自己的意见和声音，要与这个世界发生千丝万缕的联系，否则他们就会觉得失去了生活的意义，昆德拉说，这种人是大多数，人们结婚生子，不断地沟通说话，穿奇装异服，拍照片搔首弄姿，潜意识里都是为了让更多的人记住自己，为了让世界看到自己，以此强调自我的存在。而另外一种做减法的人，则觉得自己跟这个世界没什么太大的关系，希望能过点安宁的日子，不被人打扰。他们觉得世界就是监狱，总是想越狱逃跑，

因此自动给自己的灵魂降噪，把自己的存在感消减成零，希望有一天偷偷地挖个洞去另外一个世界，从此消失掉，不被人发现。昆德拉说，这两种灵魂走向极端都会很危险。加法灵魂的危险在于一个人的自我会过于膨胀。而减法灵魂的危险是最后彻底失声，存在感寂灭为零。这零并不是死，只是零而已。在昆德拉的小说中，姐姐阿涅斯是减法灵魂。

我从未见过真正像阿涅斯一样的人物，以为那只是个传说。后来看到张爱玲的相关报道，才觉得，她就是真实版的阿涅斯。她晚年在美国深居简出，没有人能找到她，她的地址连家人和朋友都不会告知。世人都在寻找她，有记者甚至住到她家隔壁，但是却毫无头绪，只好翻检她的垃圾想寻得她的一点点蛛丝马迹。这是唯一的一次世人逮到她。但也立刻被她溜走了。在她生命最后的十几年，她把自己灵魂的声音几乎削减为零。有一次，她和一直帮助她的林式同先生通电话，抱怨牙痛，林就说：“牙齿不好就拔掉。我也牙痛，拔掉就没事了！”她若有所悟，自言自语地说：“身外之物还是丢得不够彻底。”

既然这样，活着为何，何不干脆自杀？昆德拉说，自杀的人有时并非意图要从这个世界上消失，而是通过自杀这种行为，永远地活在人们的记忆中。这话当然不能概括全部自杀者，但是的确是一部分的原因。三岛由纪夫就是这其中最突出的例子。他暴烈的自杀方式，是为了寻求永恒。但是在《不朽》中，阿

涅斯并没有自杀，她只是在一次车祸之后，在丈夫赶来之前，在一丝意识尚存中，自行放弃了生命，她用自然的消逝退出了生命，越狱成功，也从人们的记忆中真正地抹掉了自己存在过的痕迹。因此在她死后，她的丈夫和妹妹很快将她忘记，走到了一起，心里没有一丝愧疚。我想如果阿涅斯在天有灵，也会对此无所谓，这是一个做减法的灵魂得到的最大的平静和幸福，并不是一死了之那么简单。张爱玲在很年轻的时候就做过“不自杀”的决定。并将这个决定贯彻了一生。我想这是因为她洞彻了生死，也洞彻了自杀这件事，她特别知道自己自杀之后，这个世界一定不会放过她，因此她绝不可以自杀，她要活着越狱，活着抛开这一切。冷眼看这世界，看这世人，翻天覆地地将她找遍，想捉拿她的，想观赏她的，利用她的，对她品头论足的那些人，她就是不满足你们，你们只好拿着她的前尘遗事反复咀嚼，嘬点滋味出来。你们想看她自杀，但是她才不会死给你们看的，你们想以此来满足自己嚼婆舌的快感，在她自杀后对她指指戳戳地说，看，我早知道她会自杀的。但是你们休想。

人人都感慨张爱玲晚景凄凉。我始终不曾这样想。在选择生死的问题上，生和死本身都不是悲剧的选择，最重要的是你选择了你想选择的那一个。因此三岛由纪夫暴烈的自杀也好，张爱玲选择活下来也好，都让我佩服，因为这都是一个人经过了长时间严肃的思考做出的选择。尤其是张爱玲对生的选择，

也让我明白了一点，一个人在真正经历过生死的抉择，经历过怀疑和迷惑，最后依然放弃了自杀而选择活下去，这样的生，才可以说是基于自己自由意志的选择。那些从来不敢追问自己是否应该自杀的人，不敢认真想想自己活着到底是为什么的人，也常常是不敢认真面对死亡的人，他们只是因为被教育了人应该活着，就认为活着是天经地义的事。一味否定自杀的人，其实和一时冲动就从楼上蹦下去的自杀者本质上是一样的，都在浑浑噩噩地对待生命。

人生如狱，这世上本没有什么绝对的自由。假如我们不能选择被生下来，活得痛苦不耐烦时，至少还可以自杀，一想到这点，就让人觉得好轻松。普鲁斯特问卷里有一道题："你最害怕的事情是什么？"我的答案是"不能自杀。"因为我希望有生之年，可以保有自杀的能力，即使我可能永远不会使用它。不过自杀毕竟是囚徒暴动，技术含量不高。张爱玲没有选择这样的一条路，她更像是《肖申克的救赎》里的安迪，拿把小锤子挖个大洞，剩下的留给你们去扯淡。我相信这世界上肯定在各个角落都隐藏着越狱成功的人，只是他们不像张爱玲这样犯了重罪惹人注意，越狱的难度系数没有这么高罢了。所以张爱玲这个人，越想越觉得她有意思，她上半辈子灵魂做加法，下半辈子灵魂做减法，两者都做到极致，可见一个人的灵魂到底做加法还是减法这种事，也不像米兰·昆德拉小说里那么绝对。

大多数的普通人，恐怕更是难以做得绝对彻底，都是一忽加法一忽减法地摇摆不定，一忽想归隐山田，一忽又贪恋人世浮华，就这样在纠纠结结中度过一生。

张爱玲死后，人们第一次进了她的居所，家徒四壁，屋子的女主人，过着极简的生活。人们叹她晚景清贫，她却只嫌身外之物丢得不够。她说——

“我比较喜欢那样的收梢。”

这收梢，我也喜欢，看得懂的人，就知道她干得有多漂亮。

钱锺书、琼瑶小说，以及知识暴发户

在论坛上围观掐架，两伙人围绕着鲁迅、王小波、钱锺书谁写得更好吵了起来。架掐得不知所以，却发现为鲁迅、王小波站队的很多，为钱锺书说话的十分少。许是很多人看过《围城》，但若被人奉上一句作品不足够伟大，倒也是个事实，而钱老的治学专著，看的人实在是少，真的有人出来挑三拣四，倒也无从反驳。记得蔡康永有一次评价张爱玲，顺便捎带上钱锺书，说这两个人是三十年代全中国的作家中，唯一不土的两个人，深以为然。虽然我也知道《围城》这本小说不算什么大家之作，但是我喜爱的，是它的气质不俗。无论如何，这气质确实在当时乃至今天都是独一无二的了。用蔡康永的话来讲，归根结底，这是一种人生观和世界观上的“不土”。

还记得很久以前读琼瑶小说，其中有一个故事叫做《秋歌》。里面有一个桥段，一个富家男孩爱上了穷人家的女孩，有一天，男孩带女孩到常去的一家餐厅去吃饭，碰到了自己的姐姐和姐夫，姐姐和姐夫并不知道女孩的背景，很随意地打招呼，简单地聊了几句就走了，言语间对自己弟弟的这个女朋友倒也没什么怠慢之处，但是这个女孩立刻感觉到浑身不自在，因为她看到姐夫手里一直在玩一把高级跑车的车钥匙，那种只有在有钱人家长大的孩子才会有的、漫不经心的随意姿态刺激了女孩，于是她回去和男孩说，我们不适合，分手吧，接下来的当然是琼瑶式的大哭大闹，这里就不多讲了。我想说的是，这是我人生中第一次意识到，出身这种东西在一个人身上潜移默化的作用，和对另外一个世界的人的微妙刺激。当时我还是个愤怒的小青年儿，满心为女孩倔强傲娇的姿态着迷。等后来自己也看得多一些了，才渐渐明白，这女孩的反应实在是有些太夸张了，但却不能说这是她的错，有时候很多观念上的差异，都体现在这些日常的小事里，并没有那么大的是非对错，只能说，没有人能够选择自己的出身，穷人家的孩子也好，富人家的孩子也罢，本没有孰是孰非，有的只是隔膜和误解。萨特说，存在决定意识。虽然钱财是身外之物，但这身外之物给人一生所带来的影响却流淌在一个人的血液里，是刻在骨头上的。穷人、暴发户和天生的富家子弟对待金钱势力的态度不会一样，那个琼

瑶小说里的贫家女孩，确实因为贫穷而太敏感多疑，内心抱着对阶级门第的偏见的是她，反观那几个富家子弟，心思倒是要单纯很多，这大概是因为他们在成长的岁月中，不需要练就很深的心机去抢夺生存资源察言观色的缘故。

《围城》里处处散发的那种书香门第的气质，也是这种世家子弟的气质，虽然学识也和钱财一样同样属于身外之物，却有着异曲同工之妙。家学渊源的孩子身上所带有的那种纯粹干净的读书人的气息，就像贵族子弟的气息一样，不是仅靠猛读几本书就能够练就的。钱锺书抖落学识的姿态，仿佛琼瑶小说里，有钱人家的孩子毫无意识地玩着车钥匙的姿态一样，有一种满不在乎的神气。他们随便抖抖，却也不是为了炫耀，因为没有人会很在乎地炫耀他从小浸淫的空气，那是只有暴发户才做得出来的事情。但正是这种满不在乎，才更让旁观者容易感受到一种刺目的优越感。特别是那种要靠很用功，很努力去读书，才能抬高自己一点点，抖落出来一点点东西的人，希望靠读书出人头地、赢得别人尊重、千古流芳的人，或者把读书当成很实用的比赛工具的人，对他们来说，钱锺书这个老头是十分讨厌的。所以如果不能在学识上批判他，那么尽可能地在其他方面批判他好了。

我把这后一种人叫做知识暴发户。其实这并不是一种人，而是一种读书的心态。这种心态在现在我们日常生活中很多人

都有。他们并不是坏人，有的甚至是可爱的人，有的是我的朋友，他们的共同特点是都把读书看得很重要，甚至过于重要到，成为自己和人较量的工具。于是读书这么一个本该是个人的、有趣的事情，成了人和人之间互相贬低的由头，贬低得彼此又都无趣之极，成了肉搏，若是碰到死磕的打法的，互相背了大摞的书本，引经据典地一本一本朝对方的脑袋砸过去。咬文嚼字也掩盖不住骨子里面目狰狞、青筋暴露的乖张之气。

这都什么和什么呢？我看得无聊，《围城》里的一群书生，在国破家亡、颠沛流离的日子里尚能保持着优雅。初读《围城》之时觉得他们都很复杂，不懂得他们的好，现在看多了身边的乌烟瘴气的知识暴发户，反倒觉得方鸿渐也好，赵辛眉也好，其实都还算是很单纯善良的读书人，也只有钱锺书这样的人能写得出这样的一群人来，他对读书人的嘲讽，有一种只有书香门第出身的人才有的，对读书这种事的满不在乎，这是另一种单纯。这部小说，其实和它的主人公一样，对大多数普通读者来说，是有趣而无用的。但在今天，就连这有趣，也成了一种奢侈品。我特别喜欢他们一行人奔赴西南联大时的路途上发生的故事，可以说，这一段描写，是中国知识分子的《在路上》，我喜欢他们在流离失所时还保留着的那种举重若轻的、自嘲的风度，这是骨子里流淌着读书人血液的风度。这种风度，虽不似海明威那种硬汉式的压力下的风度，却也别有一番中国式的

举重若轻，谁若说这优雅很容易，去看看现在报纸上的论战满篇你死我活的政治调调，去看看论坛里动不动问候老母的掐架，就知道是何其难得了。

“恶狠狠的读书人”——我有时候看到我身边带着痛苦的表情、读着好多艰深的大部头的书的朋友，总会想到这个词。爱读书的人会一不小心成为知识暴发户，有钱锺书这样的老先生戳在那里有一个很大的好处，是让我们这些后生明白，你可以和人比掉书袋，可以和人比赛引经据典，但是一个读书人骨子里的干净和纯粹，那种浑然天成的优雅气质和无所谓，放得下的态度，却不是一个心怀杂念的人能够比得了的。知道比不了，就可以放弃比较之心和炫耀之心了。就可以把读书这件事，放得低些，再低些，低到功利心都无趣了，褪去了，再看看自己还能不能读得下书，那时候，读书才能真正变成一件快乐的事情。而这个世界的很多快乐都是这样来的。

| 梁羽生的反骨和金庸的肋骨 |

2009 年，梁羽生先生在澳洲悉尼去世，各大中文媒体纷纷撰文悼念追忆。我常去的论坛也不例外，不过除了对梁先生的尊敬和对自己当年读梁先生小说的追忆之外，却又掀起了一番金梁二人的瑜亮之争，这次把古龙大侠也拉扯了进来，参与讨论的人是各拥其主，华山论剑，好不热闹。

我没有参加论战，只在一旁观战，一边看一边想起前一阵子有个朋友在网上发给我看的一个点击率很高的网络言情小说，我随手翻翻，不解其意。朋友对我说，他知道男人写网络小说意淫起来，可以用八个字概括：建功立业，三妻四妾。但是他很好奇女人意淫起来是个什么套路，我说那你直接问我就可以了，女人意淫的套路就是，一个男人建功立业之后，可以

三妻四妾可是他偏不，他只爱你一个。

这话现在说起来蛮戏谑的，但是少年时看武侠小说，自己也很吃这一套的。作为一个看武侠的女生，当年我也是喜欢金庸的小说多过梁羽生的小说，其中一个主要原因就是意淫自己是女主角，被杨过、令狐冲这样盖世武功的大侠爱上，要比和张丹枫、卓一航这样的男人恋爱过瘾得多。但是十几年过去之后，回过头来再看那些故事，才意识到真正长了反骨的不是金庸而是梁羽生。在《白发魔女传》里，自始至终武功最高强的竟然是个女人，而且是个正邪不分的大魔头，她所爱的男人，别说没有建功立业的可能，连性格都是那么的优柔寡断，没有大侠气概。《云海玉弓缘》里的厉胜男是梁羽生笔下的又一个女魔头，她用一个在人格和精神上完全独立的女人的方式爱着自己心爱的男人。《萍踪侠影录》里柔情似水的古典女子云蕾，她的家国意识也并非是像黄蓉那样完全来自于对爱人的夫唱妇随。而相比较之下，金庸笔下的女人们虽然貌似很有性格，甚至离经叛道，但是就算她们再武功高强，才貌出众，也无非是依附于某个男人身上的小女人罢了，她们的行为动机都是为了心爱的男人。那些对男主角曾经不好过的女人，没有一个会得善终，女人都没有野心，黄蓉最大的愿望就是辅佐夫君，有野心的女人没有一个得到好下场，周芷若最后落魄到身败名裂，一无所有。不论邪门正派，一统江湖都只是男人们的事，女人

只能通过男人来实现自己的价值。

女人，可以是梁羽生小说里的一根反骨，但却永远是金庸小说里男人的一根肋骨。

我并非十分喜欢练倪裳或者厉胜男，不过很多年过后，当看清楚一些故事的本质的时候，我也不像当初那么喜欢黄蓉或者赵敏了。有人说梁羽生更像个知识分子，而金庸才是真正的大侠，如果从男人对大侠意淫的定义来说，这话有几分道理，因为梁羽生当年写武侠，既不需要救报纸，也不需要换酒喝，因此虽然始终强调精忠报国，但并不把建功立业当做人生终极目标，对三妻四妾也不津津乐道。而金庸真正的智慧，在于他审时度势地摸到了中国男人意淫的脉门，定下来这八字方针的意淫模式，使得武侠小说最大化地满足了中国男性读者意淫需求，将中国这门独有的类型小说发扬光大。梁先生的小说是看似太过刚正，其实反骨暗藏。金先生的小说恰恰相反，是姿态叛逆，故事的内核其实十分传统老实。以前我见到金庸他老人家八面玲珑的为人处事觉得奇怪，现在也能理解了，文如其人，其实所言不虚。这个八字方针的确立，是金庸确立的，也是被他发扬光大的，但后人因此而难以突破。在金庸之后的武侠小说作者，大多数是跟着这八字方针的类型走，这么多年来也只有古龙算是个异数。在古龙死后，武侠小说多年不能够有当年的突破也是因为如此。毕竟八字方针既定，拥趸众多，武侠小

说的作者冒风险去挑战读者的价值观，是一件吃力不讨好的事。正可谓成也金庸，败也金庸。也许在很多年以后，我们追根溯源，越过金庸，重读没有被类型化的梁羽生，才能想起被大众意淫之前的江湖曾经是什么样的江湖吧，才会体会到梁先生小说中的人文情怀和真正具有的现代意义。

国王，或者流浪汉

这个世界上有些书你知道你早晚会去读，《在路上》对于我来说属于这种。那感觉好像和一个人对视两秒，便知道你们是否能心灵相通一样，要是从心理学上掰碎了细嚼，也未必分析不出个一二来，不过，那全无意义。

是的，全无意义。我去读这样一本书的时候，与其说是为了寻找它的意义，还不如说只是为了看看而已。跟着美国四五十年代的一群疯子在路上狂飙，我连滚带爬地一口气读完了这本书，好像从山坡上滚了下来一样，什么也没记住，脑子里一片空白，兴奋异常，一想到老莫里亚蒂就发笑，完全不深沉。全书我最喜欢的地方是老莫里亚蒂和萨尔在大厅离开，萨尔把钱包掉到了沙发上，他回过头，亲眼看到老莫捡起

钱包揣到怀里，当他意识到那是他们自己的钱包时，他的表情失望至极的画面。我笑了半天，我的朋友绿小豆子给我讲她的一个法国朋友，那家伙是个盲流，有一天，他的中国女朋友跑到法国去找他，两个人坐在屋子里，他突然冲着房子的一角说："操！操！"女友正纳闷着，一只白色的小猫从房间的角落里跑出来，原来这小猫的大名叫做"我操牛逼"，小名叫"操"。

后来我和绿小豆子在云南晃悠，我们在一家青年旅舍里碰到了这法国哥们儿，那是十一长假前夜，我们回到大理古城时，全城只有一家青年旅社还有床位了，一觉醒来，我们发现半夜进来，在临床打了一夜呼噜的原来就是这个哥们儿，绿小豆子惊讶地说："Leo！"法国哥们也惊讶地说："我靠！"随即两个人开始热情拥抱，我坐在云南灿烂的阳光里一脸痴呆地看着他们，完全搞不清楚发生了什么事。

这个故事和《在路上》当然没什么关系，坦率地说我也真不知道应该怎样谈论这样的一本书才算不跑题，也许我该特别深沉地讨论它的文化意味，以及垮掉的一代是怎么垮掉的为何垮掉，他们如何自我救赎，但可惜的是我读小说时眼前浮现的都是我身边的一帮二流子朋友们。绿小豆子的老爸曾经试图在绿小豆子四处闲逛的那几年，向一位法国女士解释女儿的职业。老头变换了很多种措辞，说了半天，法国女士终于明白了，很

果断地用一个词做了总结:波西米亚。绿小豆子于是恍然大悟:原来波西米亚是二流子的意思。我的朋友绿妖则用另外一个词儿来形容这种人生——“流浪汉”。很多人喜欢讨论这本书的文化意义，把凯鲁亚克笔下的这群二流子放到美国的大历史中去研究，不过对此我不太感兴趣，那个年代的美国历史跟我关系不大，更何况这世界上的任何时代都有流浪汉，只不过从来没有人真正地描写过他们的生活方式，书中这些家伙深深让我着迷的，从来不是他们代表了什么，而是他们本身的神气，如果说这个世界只有两种人真正拥有广阔的疆土、阳光和空气，一种人是国王，另外一种人是流浪汉。我们大多数人，拥有的是几十平米的一间屋子，一张办公桌，一些孩子，一个妻子或丈夫，一个银行户头以及户头里的数字，并且为那数字后多加几个零奋斗终生。我们不能离开，因为我们拥有的这一切把我们牢牢地捆绑，已经成为我们甜蜜的枷锁，它有一个很高尚的名字，叫做责任。

只有孩子才有权利不去承担责任，长大的悲哀即在于此，如果你不肯承担责任，你也会自我边缘化，不被主流社会所接受，社会当然也没有义务给你承认和保障。所以看到翻译王永年说他并不喜欢这本书，我觉得这可以理解，我的二流子朋友们经常被视为这个社会的怪胎，王永年先生的反应，其实是这个主流社会的人对他们的看法。翻译家只要尽他的本分，没有

必要必须喜欢自己翻译的作品，像医生没有义务去喜欢他的每一个病人一样。喜欢是一件顺其自然的事，不必责怪任何人。当看到有读者质疑这样的翻译能否翻译出好的作品来时，我想到老莫里亚蒂，他会搓着肚皮，心不在焉地对所有指责他的人说是呀，是呀，他的朋友把他围在屋子中间围攻他的时候他总是这样的德行，不介意所有不谅解和不接受他的人，因此萨尔说他是“圣人”。真正不羁的灵魂大概不会真的去斤斤计较这些。因为他们的内心深处有国王般的骄傲。

坦率地说，这不是一本我会推荐给所有人的书，对于习惯了传统小说那种讲故事方法的读者来说，他们恐怕很难理解凯鲁亚克把这些碎碎念的东西罗列在一起到底意味着什么。有些读者把责任一股脑地推给翻译者，比起承认自己根本看不懂来说，这当然是一种更容易、更时髦的做法。更何况，连这个版本的翻译王永年自己也不能理解这本书中的这些年轻人，认为书中那些没完没了的从车窗前划过的风景，流水账一样的记忆碎片，只是让这本书在文化上的意义远远大于文学上的意义。但事实上，凯鲁亚克在文学上的贡献是有其划时代意义的，他是第一个把文字的速度感带进文学史的人，这不能不说是一种伟大，因为他用文字做了事。王朔在 2007 年推出《我的千岁寒》的时候，也提出过他想写出文字的“速度感”，这个说法曾经

被很多人嘲笑，看了凯鲁亚克的《在路上》，我翻出当时自己写的关于“速度感”的一段话，试图将它描述得更清楚一些：

> 那种速度感，有点像当年上高中的时候的英文卷子里那大段大段的阅读理解，老师总是说，遇到不认识的单词，要跳过去，要一直往下看，于是，我们一直往下看，因为往下看成为唯一能做的事情，于是就看出来了速度感，我们的脑袋里带着速度感和一堆认识的和不认识的单词儿、一堆碎片儿去做完形填空，判断对错，一通瞎蒙。好像一个人往山下跑的速度感，你停不下来，刹不住车，遇到石头跳过去，碰到树杈赶紧一低头，摔倒了继续滚下去。在卡通漫画里，描述速度感的语言就是:@#%×&……这是不是和读王朔的小说感觉有些像?
>
> 最后，我们到了山下，终于可以停下来了，我们发现自己，鼻青脸肿，双腿发抖，呼哧带喘，十道选择题只蒙对了五道。考试不及格，回家挨一通胖揍，然后你就消停了。

看完《在路上》之后，我想王朔所追求的速度感，大概就是出自凯鲁亚克。怎么说即代表着说什么，我不知道《我的千岁寒》干吗要搞速度感，但是《在路上》用文字所制造出来

的速度感，那种世界在你耳边永远退后、风驰而逝的感觉，难道还有能比凯鲁亚克描述得更模糊却表达得更清楚的吗？所以我说它并不适合很多读者，因为对于习惯传统小说叙述方式的读者来说，读小说是想听人讲故事，更习惯的是细嚼慢咽、反复回味、边读边想的过程。一个无法割舍这些爱好，习惯于如此阅读节奏的读者，是很难体会以及跟上这种文字的速度感的。

他把十二英尺长的临摹纸黏在一起，左边留出空白，裁成能放进打字机里的尺寸，成了一个连续不断的卷筒纸。不停地打字。汗流如注，然后他把湿乎乎的衬衫晾了一屋子，最后用一个星期的速度写完了这本传世杰作。

而我连滚带爬，跌得鼻青脸肿地跟着凯鲁亚克一路狂奔过来，仿佛看到身后自己的零件撒了一路，但那种极速狂飙，透不过气来的兴奋，真是难以用语言来形容的带劲儿，你要往下读，往下读，一直往下读，不要咬文嚼字，不要挑剔，不要思索人生，不要追问这他妈的到底有什么意义，这才是这本书正确的阅读方式。至于那些细节的问题，我真的没有注意到，看到有人看不懂，干脆去讨论翻译者的个性问题，翻译风格问题，感觉莫不是在开玩笑吗？难道你要我在路上以 180 迈狂飙的时候停下来数清楚路边的每一棵树？我仿佛看到了一帮在路边围

着一棵树照相的游客，但是，不管他，我要疾驰而过，疾驰而过……

然后，我想告诉你，我突然累了，不想再说了，也不知道怎么结束这样的一篇文章了，那就让它到这里戛然而止吧，像这个世界上的很多事情都会没头没脑地结束一样，像萨尔就那样草率地和老莫里亚蒂告别，从此再也没见过一样。一脚刹车，这里就是路的尽头。一切都结束了。

但是有的人，将在我们心中永生。

| 她的卑微与伟大 |

昨天看了《黄金时代》，想起我爸，我爸生前喜欢萧红，我小学时候还没看过《呼兰河传》，就先塞给我一本萧红的传记打发我去读。书里写萧红逃离旅馆的那一段，是三郎划着船把她救出来的，但是在电影里，说是萧红自己从窗子里蹦下来的，我想这大概是指萧红自己争取的解放，这微妙的区别，意味很是不同。我当年第一次看萧红传记的时候实在是个小孩子，所以萧红的很多事情，我打小是知道的，但是对于她这个人，却始终说不清楚，因为她自己也不是什么都交代得很清楚，人没活完，东西也没写完，作家嘛，对自己的经历还是会很珍惜的，不会一下子都说出来，总想留着慢慢写，可惜就死了。从这一点来说，我始终觉得萧红虽然总有预感自己活不长，但是还是

希望能活得比 31 岁更长久的，四五十岁总该有的，所以留了些东西慢慢写，她始终是有一些令她死不瞑目的东西的，这东西就是写作。

这样就造成了世人对她的误解，不解，曲解，各种乱七八糟的解，不像一个老人，活得太久，写得够多，形象怎样都会渐渐地完整起来，或者她的经历又是极平淡普通的，大家也就对给她盖棺定论没有那么热衷，死就死了，坊间八卦多一点也不过是个谈资。可是她的作品实在是好，身世经历又没来得及交代清楚，因此整个人就成了一个特别矛盾的存在，人人都想解读她，觉得看清了她，有人用八百字的文章说，有人用三个小时的电影说，但是她这个人，始终还是一部分很清晰，一部分很模糊，最后所有试图给她盖棺定论的人都死了，她的作品带着她的魂魄却继续活了下来，留与世人评说。

从这个角度来讲，那些通过八卦绯闻来点评她的专栏作者和李樯以及许鞍华做的是同样的事，虽然前者是以消费为目的，后者是为了真爱。在电影中，萧红身边的朋友纷纷面对观众，直接与观众谈论萧红，这是用一种强势的方式，直接给萧红的一生盖棺定论，不仅仅想讲述萧红的故事，还意图通过这个电影来肯定她的文学成就，这么直白的方式是十足的冒险，由此足见创作者对萧红的深爱。但是讲述一个作者的生平故事容易，要肯定她的文学成就，该怎样表现？尤其是对于像萧红这样，

在生前没有得到过任何世俗社会的认可，没有掌声和欢呼，没有畅销书销量和颁奖典礼的作家就更难，这完全没有办法表达，所以最后就只能是一群友人来谈论萧红了。

所以这部电影的确有很强势的预设立场，也的确会造成观众的隔膜与不快感，因为你让一些人在电影中来说萧红伟大，可是这些人是谁，不爱好文学，不了解近代文学史的普通观众都不认识，还要回家去翻书，这会让普通观众很郁闷。因此我一边是很喜欢这电影，一边也明白为什么这么多人不喜欢它，它的确设置了门槛，对观众并不算友好。它想解释萧红的文学天分，这基本是一个电影表达不可能完成的任务。因此对萧红有所了解，立场本来就相同的观众，自然容易产生共鸣，这么多年来，终于有一部电影为萧红讲了公道话。而那些只是想进电影院去看一个女文青八卦故事的观众，则会很失望。更何况是这八卦，其实也没坊间传言的那样邪乎，萧红除了十七八岁叛逆少女时期离家出走，和订婚男友关系反复以外，情史实在是素得很，不过是跟了个一穷二白的文艺青年谈了一个马拉松式的恋爱，最后找了个相对性情平和软弱的男人结婚了罢了。仔细想想看，她的恋爱史其实和很多普通女孩的恋爱史相比，并没有特别的不同，虽然是情路坎坷，也谈不上是什么作女，之所以会被坊间爱好八卦者腥膻绘色地夸张描述，其主要还是因为她是个女作家。

在写作这条道路上，萧红是一个有主见、有自信的作家，但是在生活中，诚如大家所知道的，萧红确实不是一个有独立人格的女性，她依附男人，也仰赖朋友的帮助，给身边的朋友添了不少麻烦。她性格上的懦弱，也是后世人们对她颇有微词的原因之一，但是话说回来，在萧红那个年代，女人的生存状况和现在完全不能比，东北则更加保守。作为地主家的小姐，萧红除了嫁人以外，其实并没有什么其他独立谋生的出路，论谋生能力，她可能还不如一个佣人家的女儿。不过佣人家的女儿，也不过是一个佣人罢了，根本谈不上什么独立解放，不像现在的姑娘至少可以去肯德基勤工俭学。她的生存环境甚至连张爱玲都不能比，当时的上海是全国文化中心，是全国思想最开放也最前卫的城市，一个作者如果能在上海滩获得成功，就是在整个中国声名远扬，因此张爱玲至少还可以通过写作实现经济独立。东北文坛本来就属于文坛边缘，更别提萧红一个出自东北农村的无名小卒，身为女人，加入的左派文学圈每天都要躲避政府的围剿，在写作的初期，她想靠写作赚钱养活自己，门儿都没有，还没人认识你呢就先饿死了。所以那些批判萧红依附男人的，其实是对那个年代的历史背景很无知的。弗吉尼亚·伍尔夫说过，所有女作家都必须首先面对的一个问题是，写作需要一间属于自己的房间，萧红一生的物质追求，也无非是一张安静的书桌而已，可惜这梦想在她的生命中，只短短地

实现过。

和同去看电影的朋友不同的是，在看到萧红去世的那一场戏时，我并没有太难过，倒是萧红和端木结婚的时候，萧红说的那几句话，她说我和端木不是激情恋爱，我想过普通人的日子，谢谢端木接受我等等，看到这儿的时候我真的眼泪掉下来了。因为我看到一个女作家对平静生活的渴望，以及战乱、贫穷、颠沛流离的生活，爱情带给她千疮百孔的伤痛，从内到外都已经把她消耗尽了，所以她其实还是妥协了，这是我在看这部电影时唯一没想到的，我曾经以为她这一生从未妥协，因此这妥协才让我倍感心痛，并且感同身受。每个写作的女人，都要解决身为女人和身为作家双重身份的矛盾，这矛盾张爱玲有过，萧红也有过，作为作家，她们天分极高，甚至没有几个男人能比得了，可是作为女人，社会要求她们必须要做低服小，萧军和胡兰成都以老师和丈夫的身份打压过她们的才能，如果不能从才能上打压她们，就从女性的身份上。在电影中有两次，身边的友人认真地对萧军说，你的天分不如萧红，你是努力、勤奋。萧红尴尬地笑着，萧军硬着头皮说："但是她也离不开我的帮助。"同座在那一排的姑娘都在骇笑，大家都明白，这话可真是要了亲命了。果然，下一个镜头出现，萧红就被揍得乌眼青地出场了。

也许这才是最后萧红选择了温和的端木的根本原因吧，端

木当时在文坛上卓有成就，绝非等闲之辈，在一大群左翼作家中，又是少有的欣赏她的才华的人，虽然这选择也并不如意，但是她的确是累了，算一算当时的萧红大概 28 岁，她和 18 岁的时候不同了，她追求爱情的心气儿已消失，折腾不动了，虽然这辈子最爱的可能就只有萧军一个人，但是萧军实在是太暴烈了，最后她也就只好放弃了。这是一个女人，一个女作家，为了过上安生的日子，渴望一张能安安静静写作的书桌，向生活做出的妥协，尽管事实最后证明，这妥协也是行不通的，选择端木，也没有得到她想要的生活，但无论如何，萧红情感经历的这点事，其实真没什么惊世骇俗的，我真搞不懂世人是怎么都把她理解为一个作女的。就算是二萧和端木三人当年同床过，其实也没什么狗血的呀，一群穷得叮当响的文艺小青年儿，相依为命地过着日子，想共同省点房钱，在一张床上挤着睡过，何况东北历来有全家睡大炕的，这其实是一群心思特别单纯天真，甚至有些傻气的年轻人。我一边看电影的时候一边就想，就这么点儿事，搁一普通女孩身上，专栏作者们可能会表示理解和同情以显示自己的观念开放和宽容，可到了萧红身上，就忍不住脏心眼儿转起来，投射出了满满的恶意。说到底，她犯下的罪还是因为她的天分，她的作品留下来了，而这些八卦她的人却知道，自己的文字永远都留不下来，所以他们要用八卦来贬低她，消解她的文学成就，她有什么罪呢？她最大的罪过

就是，身为一个女人，还名留文学史了，这实在是可恶的吧。张爱玲也是这样的，她清清楚楚地明白世人对她的恶意，冷冷地活到老，活到死，她活着的时候，一言不发。

这不是第一部萧红的传记电影，但是与以往都不同的是，唯有这部电影是真正把萧红当做一个在中国文学史上有所成就的作家，而不是一个情史丰富的女文青去看待。其中有两处，不煽情，不悲苦，简简单单地聊了点文学创作上的事儿，可能很多不写作的观众都忽视过去了，却让我这个写作的人，打心底感到温暖。一处是萧红和端木在河边聊天，萧红说了一段话，大意就是他们说我写的东西不豪迈，但是我不在乎这些，为什么要规定文章一定要怎么写呢，我坚信自己要写的东西，不会拘束自己……另一处是萧红对着聂绀弩大谈儿女情长的痛苦，聂绀弩突然对萧红说："萧红，你是《生死场》和《商市街》的作者，你要往上看。"仅仅这么两处，就让我体会到了导演和编剧的用心良苦，他们对萧红的文学成就的理解是正确的，对她的身份认同的纠结也是深深同情的。我的一个画家朋友曾经说过，所有的大师作画，落笔都是确定的，自信的。这句话在写作上也同样适用。作为一个女性作者来说，对自己的确定和自信就更是难上加难，因为在这个男性话语权的文学世界里，你的作品好不好，是以男人的语言标准来衡量的，由男人说了

算的，因此所有的女性作者，在她创作的初期，都曾经面临着对自己性别上的不自信，导致文化上的不自信，对自己女性语言体系不自信，下笔不确定的问题。有的女作家在文章中为了显示自己有跳脱女性角色的“大气”,尽力掩盖自己的女性特质，追求把文章写得像男人一样，她们贴上胡子，把自己装成一个男人，有的女性作者则反过来极力强调自己的女性姿态，写作的时候，潜意识里装着一群男性的读者群体，忍不住在文章中搔首弄姿，以迎合男性赏读的趣味，这样的心理，常导致女性带着不确定和不自信的心理负担去写作。就拿我自己来说，我在刚刚开始写作时，也曾经把别人评论我的作品“写得完全不像个女人，好像一个男作家的作品”当成一种最大的夸奖，却丝毫没有意识到自己已经陷入文化上不自信的囹圄，以至于后来我花了十几年去解决这个问题，才想明白了，这并不是一种夸奖，你是一个女人，却要伪装成一个男作者，那么你这种对自己的性别的嫌弃和不自信，就会造成你文化上的不自信，而一个不自信的作家，是永远写不出真正了不起的作品的。

我认为在中国的前辈女作家中，年纪轻轻就彻底解决了这个问题的只有两个女人，一是张爱玲，一是萧红，她们都在写作的最初就解决了这个问题，或者可以说根本就从来不曾带着这样的问题进入写作。这是由于她们有着我们大多数人都没有的天才级的悟性。她们对自己文字上的自信，是完全天才式的

自觉，她们既不在乎也不讨好男性的话语权，根本不屑于去写得像个男人一样豪迈，也不屑于强调自己的女性姿态，就那么自自然然地，浑然天成地知道自己该写什么，怎么写。这是伟大作家才可能具备的素质，也是一个纯粹的作家才有的赤子之心——当你写作时，你不是男人，也不是女人，你是没有性别的，你就是一个作家，就像萧红说的："黄瓜愿意开一个黄花，就开一个黄花，愿意结一个黄瓜，就结一个黄瓜。若都不愿意，就是一个黄瓜也不结，一朵花也不开，也没有人问它。"这也就是电影海报上说的，想写什么就写什么的自由，可惜很多人不懂，还以为这句话是在歌颂民国的审查制度。

作为一个作家，萧红是伟大的，她对自己的作家身份没有夹杂着丝毫写作以外的杂念和自我怀疑，也没有任何的身份不确定性，写作给了她自由飞翔的天空，但是一回到生活中就不行了，她在如何讨好男人，如何撒娇争宠，扮演好这个社会赋予她的女性角色，拿捏男人心理这一方面，简直是完全不行的，可是一个女人生活在那个时代，对女人的定位又决定了她不得不是卑微的。每个作者都要解决自己的身份认同问题，女人尤其难，再加上社会观念的束缚，自身要突破的心理枷锁就要更多，彻底摆脱被灌输、被洗脑的可能性就更加微乎其微，在身为作家的萧红身上，她做到了，而身为女人的萧红，则一生都为此困惑和挣扎。在电影的最后，当我看到萧红慢慢

地合上眼睛，我的心中有种矛盾的心情，一方面觉得她实在是太年轻就走了，如果她能够活得长久一点，也许可以找到身为“卑微女人”和“伟大作家”这两种矛盾身份的解决之道。但另一方面，又觉得她活得实在太辛苦，真的解脱了也好。

萧红的一生是苦难的一生，但是她曾经获得过很多人的帮助和肯定，和这个人们更热衷于讨论她的八卦、匆匆地写文章来消费她、却没几个人去认真读她的书的时代来比，她生活的那个时代虽然兵荒马乱，流离失所，但是对于一个写作的女性，她是幸福的，朋友们能够看到并认可她的才华，师长用接纳一个真正作家的态度来接纳她，珍视她，他们胸襟坦荡，眼界和素养都让人敬佩。鲁迅第一次见到二萧就拿出一大沓钱给他们贴补生活，但是对年轻人的私事，从没干涉过半句。胡风虽然是萧军的朋友，但是他能够肯定萧红的才华，只是对他们分手表示惋惜。特别需要一提的是，那些曾经帮助过萧红的男人，都是当年左翼文学阵营里热血有情义的文学青年，他们很多人帮助萧红，并非想从她身上捞取到什么好处，只是身为一个作家去帮助另一个作家，都说文人相轻，但是那时候大家相依为命，同甘共苦，人和人之间是有着温暖的情谊的，男人们有谦谦君子之风。而在今天一些人狭隘的见识里，有些人却把这无私的帮助污名化，认为所有帮助过萧红的男人都是想跟萧红乱搞男女关系。从这个角度来讲，倒也真可以说，那个有懂你的

人存在的时代，确实是一个作家的黄金时代了。在电影的最后，许鞍华和李樯干脆让剧中人物直接评价萧红的作品。被人们当成一个好作家去看待，让人们更多地谈论自己的作品，这可能也是萧红的愿望，作为一个作者，编剧和导演的这份懂得和慈悲，虽然稍显生硬了些，却还是让我觉得有些感动。我心领神会，并且知道这个时代还有他们这样的人存在，在那里想怎样拍电影就怎样拍电影，和我一样的臭脾气，也是件让人想想就觉得幸福的事呢。

> “黄瓜愿意开一个黄花，就开一个黄花，愿意结一个黄瓜，就结一个黄瓜。若都不愿意，就是一个黄瓜也不结，一朵花也不开，也没有人问它。”（萧红）

我想这也许才是萧红想要过的一生，想写什么就写什么，想怎么活着就怎么活着，无所谓伟大，也无所谓卑微，不向人解释，就由人去评说吧。

张大春、《金瓶梅》，以及《地狱变》

最近这段日子以来，一直在拖拖拉拉地看《金瓶梅》。说来惭愧，长了这么大，读了一些书，却是到现在才看到这一部。不过一边看一边又想，或许少年时就把这部书看掉也未必就好，那时候恐怕只会把它当做黄色小说来读，满眼只有男欢女爱，而对于这之外的一切世间百态，估计是没耐烦去细细品味的。而今我已过而立之年，终于能够以一颗平常心看待这书中的人和故事。说到底，人和书要相遇得恰逢其时，读起来才会过瘾痛快。《金瓶梅》的好，可以写上个三两本书，说个几天几夜才能说尽，我没有那样的水平一一道来。

我刚来北京那一年，有一次去北京师范大学听张大春的讲

座，令我没想到的是，那场讲座成了后来改变我写作道路的很重要的一堂课。在讲座中，张大春老师说，作家要有共享的精神，一个作家，不要心里念着太多的“我”，不要什么都是这是我说的，那是我写的，不要太在意那个“我的”标签，不愿意把自己的东西拿出来与他人共享。中国的很多优秀的章回体小说，其实当年都是口口相传的民间故事，被后人改了又改，才成为传世的经典。蒲松龄的《聊斋志异》也是民间传说的集合，老百姓智慧的结晶，所以这就是文化的传承。

我听了这个讲座之后有醍醐灌顶的感觉，回家后认真地反省了自己过去在对待写作这件事上，实在是“我执”太重了，下决心今后要多与人分享，不计较地付出，可是我就这么点水平本事，可以和人分享的，也就是那么一点点心得和经验吧，于是后来就在博客上开始给读者写回信，再后来就有了自己的第一本书。但是出了一本书之后，又出第二本，认识我的人开始多了一点起来，这个叫做“我”的东西，就又开始看重了起来，难免又过于珍惜羽毛了，担心写得不好，被人批评，原来这个“我”不是那么轻易放下的，这多多少少地给写作这条路自设障碍。不过后来又一想，写作是一场修行，能做到放下这个“我”字的，是神的境界，达到的人没有几个，古代人能够放下“我”，也有其客观的原因，毕竟写作那时本就是不务正业的事，无名无利，也就没什么“我”可放不下的。而换到今

天的作家，也许连张大春老师自己也没能放得一干二净呢，于是也就释怀了，这条路，不如就走到哪里算哪里吧，慢慢修炼即是。

说完这桩，再说另外一桩事，是芥川龙之介的《地狱变》，故事讲的是平安时代的日本，统治日本的大公命令生性孤傲乖戾的老画师良秀为他画一幅地狱变的屏风。老画师是一个缺乏想象力，但却对艺术有着极致追求的人，他只能画自己看到过的景物，因此无法应大公要求，画出一位嫔妃在火中被烧死的痛苦表情，于是便请求大公在“点燃大火的槟榔毛车中坐着一位艳丽女人，还要贵族装扮”，以便让他能画出地狱之火的景象。大公应允了，可是令老画师没有想到的是，当烈火熊熊燃起的一刻，车子上的卷帘落了下来，老画师看到在火中被捆绑着的，是自己在大公家做宫女的亲生女儿。不难想象，这是多么惨烈的一幕，但是，奇怪的事却发生了：

> 在火柱前木然站着的良秀，刚才还同落入地狱般在受罪的良秀，现在在他皱瘪的脸上，却发出了一种不能形容的光辉，这好像是一种神情恍惚的法悦[1]的光。大概他已忘记身在大公的座前，两臂紧紧抱住胸口，昂然地站着，

---

1 佛家语，意思是从信仰中得到的内心喜悦。

似乎在他眼中已不见婉转就死的闺女，而只有美丽的烈火，和火中殉难的美女，正感到无限的兴趣似的——观看着当前的一切。

奇怪的是这人似乎还十分高兴见到自己亲闺女临死的惨痛。不但如此，似乎这时候，他已不是一个凡人，样子极其威猛，像梦中所见的怒狮。骇得连无数被火焰惊起在四周飞鸣的夜鸟，也不敢飞近他的头边。可能那些无知的鸟，看见他头上有一圈圆光，犹如庄严的神。

艺术创作一向是“不疯魔，不成活”，老画师良秀资质平平，一生的艺术造诣也有限，但在目睹女儿被烧死的那一瞬间，他丧失了理智，立地成魔，最后画出了传世的杰作。这是一个彻底无我的纯粹的境界，在此刻，良秀不是良秀，他不是一个父亲，无儿无女，甚至不是一个人，他的眼中只有那奇异的画面，只有艺术本身和创作的欲望，这是神灵附体，或者应该说是魔鬼附体的一刻，在这个时刻，他没有七情六欲，也没有世间牵挂，心中的痛苦把他作为人的部分瞬间击溃，对美和艺术的追求，将他的神性或者魔性激发，他成为了最纯粹的创造者，这是真正没有小我的时刻，是无数艺术家一生想追求的境界，那里可以是一个天堂，也可以是一个地狱。

这个故事我读过很多遍，每次读完，都对良秀最后画成的

那幅地狱图心生向往。那应该是怎样的一幅画呢？这样的画，大概是这世间不存在的吧。直到我读《金瓶梅》，一边读一边就想起《地狱变》来，我从来没有读过像《金瓶梅》这样的一本书，书中的人物，没有一个是可以让你喜欢的，他们自私自利，蝇营狗苟，每个人身上都有很多龌龊和算计，这是一个比黑夜还黑的故事，黑得不透一点光，不见一丝丝人性的光辉和善意，肌肤相亲，亲密的只是肉体，人和人之间，哪怕夫妻，父女之间，也只有冷漠无情，偶尔的温柔一闪而过，不足以让人取暖。但即便是这样，却丝毫不妨碍我在没有任何一个喜欢人物的情况下，去喜欢和赞叹整本书。甚至在读某些地方的时候，我难过得落了泪。后来我想，这个叫做兰陵笑笑生的男人，就是芥川龙之介笔下疯魔了的良秀啊，从客观上来讲，作为一个作者，他没有那个“我”需要去牵挂，因为良秀是知道，他的作品即使流芳百世，自己的名字也不会写在它的上面，随它一起得到不朽的。兰陵笑笑生也一样，他留下了这本书，写性爱的时候毫无禁忌，写人性的时候也毫无保留和虚伪矫饰，书里书外，他没有留下关于他自己的任何心理上和身世的线索，他对“我”这个字的态度，在《金瓶梅》里没有一丝的蛛丝马迹留下来，这根本就是进入了一个无“我”的境地，在我有限的私人阅读史中，我从未遇到过第二个对自己毫无怜悯，眷恋，如此决绝的人。这是要经历过怎样的绝望才能达到如此无我与

超脱之境，而现代作家和“我”的纠缠，可能要更难于那个时代，就像我这样，虽然明知道张大春老师说的把“我”放下是正途，才是见到神性，写出好作品。但是终究是常常陷入一忽放得下，一忽又放不下的纠结中，我想很多写作的人也有和我类似的体会，“我”这个字何其难舍，又何其沉重，然而写作如登山，不舍得，背着它走，恐怕也登不了高山，见不到真神吧。仅从这个层面来说，我个人倒是觉得，《金瓶梅》是比《红楼梦》略胜一筹的巨作，这么多年被人误解和埋没，真是一件可惜的事。

“见自己，见世界，见众生。”这是《一代宗师》里宫二先生的一句话，这句话其实无论用在习武或者习文上，都是适合的，《金瓶梅》是到了见众生的境界，可惜众生在读它的时候，却常常还是只见到自己。我一边读《金瓶梅》，一边想，良秀在地狱之火的映照下作画的那一刻，也许是极幸福的吧，因为那一刻他没有了自我，也就没有了所有属于自我的痛苦挣扎，我想这许也是兰陵笑笑生写《金瓶梅》的原因，管你是神是魔，黑的白的，哪怕你此时面对的是地狱，画出的也是地狱，但是对于在痛苦和绝望中挣扎的人来说，我不求流芳百世，只求忘记自我，享受创作的片刻宁静和极致幸福。

这个叫兰陵笑笑生的人，最后到底怎样了呢？我很喜欢他，忍不住有吃完鸡蛋想认识鸡的好奇心，真的很想知道他人生故事的结局，但这终究也只能是个谜了。良秀在画完地狱图之后的第二天魔性退去，人性回归，他的自我又回到他身上来，于是他上吊自杀了。曹雪芹形容这世间的虚无，借宝玉之口了悟，说这白茫茫大地真干净。兰陵笑笑生什么都没说，他只是把这黑暗的世界，画得比黑还黑，黑得不透亮，不露一丝光，黑到如此极致和纯粹，反倒让人觉得这黑漆漆比那白茫茫的更称得上“真干净”这三个字。

良秀倒是留下了一句话，他说：人生，比地狱更像地狱！

从《小团圆》到《性政治》

在没读《小团圆》之前，有张迷甚至在论坛上发帖说，“非张迷勿读《小团圆》，张迷慎读《小团圆》”，我便做好了思想准备，这将不是一次令人愉悦的阅读。结果真的读了起来，才意识到这一次张爱玲走得比我想象中的还要远，她已经将她的读者都抛到脑后了。这是一本诚实之书，恐怕也正是因为太诚实了，才会让读者在阅读的过程中有这么多的不愉快，所以读这本书，还真的需要有一些坚强的神经。不过这件事也因人而异，从我个人来讲，我没有任何不愉快的感觉，因为我喜欢诚实这种东西，即便它们往往看上去既不美好也不友好。

这是一本让人无法不产生联想的书，有趣的是，在看这本书的时候，我想到最多的不是张爱玲的那些八卦，而是美国

社会学家凯特·米丽特（Kate Millett）和她的那本《性政治》（*Sexual Politics*），这本书曾经被美国《时代周刊》评为“二十世纪最伟大的书”，我十年前第一次阅读时，帮助我解答了许多困惑，这次在读《小团圆》的时候，让我一再发现，张爱玲的作品是凯特·米丽特的一些理论实际例证。譬如凯特·米丽特曾经论证过性别不平等与阶级属性的不平等之间的关系，她写道：

> 在男权制社会里，女性的等级地位最易引起混淆的地方是阶级领域，因为性地位在阶级可变因素中常常处于一种表面的混乱状态。在一个地位取决于阶级的经济、社会和教育状况的社会里，某些女性可能处于比某些男性高的地位。但是，如果我们再仔细观察一下的话，情形就远非如此了。用类比的方法也许更容易说明问题，一个黑人医生或者律师的社会地位比一个贫穷的白人佃户要高。但是，种族本身就是一种包括阶级在内的等级制度，它使后者认为他属于上等阶级，正如它可以在精神上压迫黑人专业人员，无论前者取得了多大的成就……

重读这段话，让我意识到张爱玲的作品的价值，正在于她诚实地描写出了上流社会女性的性别地位和她们所属阶级的社

会地位之间的关系。众所周知，张爱玲出身望族，在当时为数不多的女作家里，属于真正的贵族阶级。她才华出众，能够自力更生，这本书中的大多数女性，无论是单身的她和姑姑，还是离异的母亲，抑或是已婚的女性亲朋，她们大多是当时中国衣食无忧的上流社会的太太小姐。即便如此，她们依然都无一例外的有着一个共同的宿命——生为女人。她们出了门都是大小姐，大奶奶，二奶奶，甚至是当时的前卫女性，但是关上门后，她们却和这个社会里所有的女人一样，得不到真正的尊重和承认，没有被平等地对待和尊重过，只能在痛苦和黑暗中苦苦挣扎，孤独而没有出路。这是张爱玲为中国文学做出的一个贡献，因为没有和她一样的身世背景，也就没有和她一样的生活，无法写出上流社会女性生存状态的真相。贫民出身的作家，有时候会由于仇恨和阶级造成的局限，靠猜测和推断去描写上层社会的女性，张爱玲用她的笔白描出了她所熟悉的这些面孔，虽然她对她们包括自己都没什么恻隐之心，但是她清楚而准确地为人们展示了一个被人们所误解的世界。

让我们再来看米丽特的另外三段话：

当任何一个人的自我在社会信仰、思想观念和传统中被置于这种令人不满的地位时，其结果必然是有害的。妇女每天都在各种场合遇到许多非常微妙的蔑视，如在人际

> 交往中、新闻媒体中，以及行为、就业、教育等活动中。由于这些原因，妇女表现出了一种与那些饱受少数人地位和边缘生存状况之苦的人相同的特征，即妇女遭受的歧视一旦在她们身上被深层意识化，她们便会鄙视自己并相互鄙视。
>
> 群体的自我憎恨和自我厌弃，对自己和对同伴的鄙视，造成这种结果的根源是对女性卑下的观点的反复宣扬，无论这宣扬是多么含蓄，最后，女性对此也信以为真。
>
> 公众舆论认为两者（黑人和妇女）具有相同的特性：智力低下、本能的或官能的满足、原始的和孩童般的情感、想象中的性威力和喜好性事、安于现状、听从命运的安排、精于欺骗、掩饰情感等。这两个群体都被迫采取相同的迁就策略：为了取悦他人而采取讨好的或祈求的举止、研究主人集团易受影响和腐化的倾向、装出无助的样子。

一边是出身良好阶级，家道中落，才华横溢，一边是要和所有女性一样，从小在生活中接受贬低女性的教化和洗脑。张爱玲的恃才傲物和被潜移默化熏陶出来的自我厌弃造成了她矛盾的个性，这一直贯穿在她整个一生的作品之中，假如她出身

底层，也许她会由于出身和性别的双重压迫，受教育的机会被剥夺而缺少反抗意识。但是她偏偏出身上流社会，有母亲和姑姑的影响，自身具有洞若明火的观察力，敏感脆弱而又坚定有主见，这一切也造成了她个性中自我的冲突和骨子里的无法妥协。在《小团圆》里，我们可以看到一个女孩是怎样被这种种微妙的蔑视所包围和暗示的，张爱玲最了不起的地方不在于她描述出了蔑视，而是描述出了这种“微妙”。她所在的阶层，和底层人民的表达是不一样的，男人们被要求是知书达理有教养的。女人之间也不会公开地互相憎恶，但是这种微妙却往往是让人更压抑的东西，因为你如果想反抗它，你首先必须证明它存在，但是如果你试图去证明它存在，又会马上被扣上小题大做、无理取闹的罪名。如果你是一个大家闺秀，那更要注意姿态，不能撒泼打滚地对抗。这种上流社会女性生活中的微妙境地，也只有她观察到并且勇敢地写了出来。《小团圆》出版后，大家的焦点总是集中在她和胡兰成之间的爱恨纠葛。其实这本书中，所描写的男人和女人之间的关系，远远要比男女之间的感情复杂得多，层次也丰富得多。如果从“性政治”的这个角度来说，胡兰成可以说是一个职业政客。比如初见面，他一方面承认张爱玲的才华，夸赞她“惊为天人”，一面又不断暗示她的外貌是不讨男人喜欢的，不是有魅力的女性，那一句著名的“你怎么可以这么高？”一出手杀招老辣，直接打击了

她对自己容貌的自信心。有人说这是胡兰成的一种坦白，但在我看来，这是一种“政客”的狡猾，他总是和张爱玲描述小康，不是出于真诚，而是在暗示她，男人喜欢的是米丽特所提到的“那种智力低下、孩童般的、本能的、安于现状的女人”。我想胡兰成也不一定是故意要这么做，只是真正的高手，出招的时候是无意识的。这种招数对于现在的，自我意识已经觉醒的现代女性未必全然起作用。但是在民国时期，一个在男权家族文化里浸淫的年轻姑娘对此种暗示会深感惭愧，从意识深处觉得自己仿佛是不配被爱一样，她的才华，虽然被对方欣赏和认可，但却是作为女人的“无德”，是她的缺陷，她如果想得到这个男人的爱，智力低下是没办法去伪装了，但至少她可以证明，我也能够和其他女人一样为你做低服小，低到尘埃里。话又说回来，在那个年代，女人做低服小就是本分。像张爱玲那样的女人，她不去顺应这种做低服小的模式，还有别的出路吗？她甚至只能比别人低到更低，来换取男人的心理平衡，才能弥补自己有才华这个“缺陷”。

张爱玲是何等聪慧的人物，她后来其实是看明白了这性政治中种种的技巧和微妙的把戏。但是这微妙是让人百口莫辩的东西，明白了也是无计可施。所以在男主角很多滔滔不绝的时刻，女主角也只能选择不做回应。张爱玲说她“写《小团圆》并不是为了发泄出气”而是要描写“爱情里的百转千回”。我

理解的这个“百转千回”，指的是两性之间自然单纯的灵肉爱欲，同时又夹杂着社会性的“性政治”因素，两者错综复杂地结合在一起的成年男女之间的两性关系。可惜很多人，甚至那些热爱张爱玲的人都不相信她的这句话，也无法理解这是她作为一个好作家在写作上的自觉，可以让她跳出自己的小我世界看待过去的恋情，她毫不留情地分析自己，分析别人，并不是由于对某个人的耿耿于怀。她的读者也不相信写作本身可以带给写作者的解脱和力量大于爱情的力量，大家都看低了她。我想这个世界上最郁闷的事情，也许就是全世界都认定了你是某个男人的弃妇，哀怨终身。我看如果张爱玲真的有咽不下的一口气，倒不是跟胡兰成，而是跟这满世界对她的误读，一厢情愿地一口咬定她的痴情，除非她能再找个男人给大家秀幸福才能摆脱这种误读。因为在很多人眼里，只有再祭出一段幸福婚姻，才能摆脱大家对一个弃妇的同情，只有用“男人”才能证明你已经平静并解脱，可她偏偏又没有这样的证据，于是成了你写了是泄愤，不写是耿耿于怀，骂了是因爱生恨，不骂是无法忘情。当那些所谓懂你的人特别认准了要这么往死里怜悯你同情你的时候，这种事，基本上也真是没有办法，辩无可辩。

除了男女之间的博弈，《小团圆》中对女性群体之间互相鄙视和倾轧的入木三分的描写，也是这本书会导致读者不愉快的原因之一。这种女性之间的敌意也同样是微妙的，也是很多

女人熟悉的。我一边读一边想到我的女朋友们，深深体会到自己能够生活在这个时代是何其幸运的一件事。我们是看《欲望都市》《老友记》走过来的一代女性。虽然现在的社会舆论，各种文艺作品中那种“微妙的蔑视”还在反复被宣扬，但是社会毕竟在进步，价值观越来越多元化，很多文艺作品、社会舆论对女性形象都进行了正面的肯定，对女性友谊大加鼓励，这种宣传的力量也同样是强大的，它使得更多女性开始相信女性友谊，意识到女人之间的友谊对自己的重要性。而女人在经济上和社会地位上的提升，也使得女性结盟和互相帮助成为一种可能。我的女朋友们，她们的存在常常给我力量，大家互相帮助，鼓励，做伴，扶持。但是在张爱玲生活的那个时代，女人之间的关系，像《性政治》里描述的那样，自我厌弃和互相厌弃是一种常态。即便是张爱玲，对自己的母亲和姑姑也是如此，张爱玲为那个时代的女性画了一幅群像，这些性格各异，出身、命运大不同的女性之间的空气里，总是隐隐地弥漫着互相厌弃的敌意，所有未婚的女性都是敌人，所有已婚女性是另外一种敌人。母亲和姑姑本来都是和自己一样追求独立的女性，按理应该是彼此珍惜，但是她们之间却有着微妙的对立。许子东说，大家都知道男作家笔下的弑父情结，可中国还没有哪个女作家可以这样描写母女关系，他明白张爱玲为什么会那样对待她的母亲，却对她的父亲如此宽容。许子东老师有所不知，人心中

怨恨的对象，往往并不是那些高高在上的权威人士，而是和自己相近的同类，即便张爱玲的父亲对她再不好，在一个父权社会的大家族里长大，父亲的地位和权威也是被社会封册过的，张爱玲也不能免俗，虽然她叛逆出逃，但骨子里也还是将父亲当做心中的权威。但母亲则不同，从某种意义上来说，她们是“平等”的，母女俩也很相像，所以她对母亲的怨恨要远远大于父亲。其实这种事情并不少见，母女关系和父子关系是一样千姿百态的，这世界上的任何一种关系的形成，都有其复杂的因素在里面。这种母女关系其实一直存在，但正如许子东所说，只有张爱玲把它写出来了，这更简单了，因为女作家通常不希望把这些隐私暴露于公众面前，她们是作家，但也是女人，有身为女人都有的思想包袱，这样的母女关系写出来，恐怕会担上“冷漠刻薄，心胸狭隘”的恶名，她们还要嫁人的，这样实在不符合女性温婉、善良、宽容、隐忍的形象的。所以说张爱玲作为作家的纯粹和勇气，可以说是没有几个人可以与她相比的，但是她也不是毫无顾虑，因此才将这本书留在她身后，让它自己去决定它的命运了。

即便是一滴水，也能折射出整个大海，何况是张爱玲这样的一滴水。遗憾的是，大多数读者津津乐道的还是八卦，却对书中所给我们展现的更丰富的世界完全不感兴趣。我有时候会想，很多人说张爱玲格局小，却不知道自己是一叶障目误读了

她。一个好的作家，她不仅仅是属于她自己的，她也应该属于她的那个时代，甚至更久远。张爱玲没有生活在女性自我意识崛起的时代，不可能在她的小说中自觉地运用心理学、社会学对自己以及那个时代做更进一步、更系统的剖析。但是她的诚实和勇气，让她客观上为我们提供了一个最好的性政治故事范本。卡伦·霍尼（Karen Horney）曾说过，人要朝前走，最难的是克服自我欺骗。文人擅长虚饰和做作，有时候并不是为了要欺骗世人，而是要糊弄自己，但是张爱玲拒绝这样做。朱天心说张爱玲的《小团圆》简直是把自己打进了猪圈里，其实一个作家，如果她考虑更多的面子、地位、社会心态等问题，以这样的得失心为前提，是写不出什么成不了气候的。作为作家的张爱玲，是一个可以不顾一切去追求的狠角色，看看《小团圆》里的那些女人们的命运，那不叫把自己打到猪圈里，那本来就是猪圈而已。

有张迷看过《小团圆》后伤心，本来为她抱不平，真没想到她竟是这样自己作践自己，他们认为这本书是写给胡兰成的情书，若是在胡兰成在世的时候出版，那姿态岂不是更加要低到十八层地狱下面去了？其实对于《小团圆》中的胡兰成这个人物，我们可以用更客观的方式去理解他，他属于卡伦·霍尼所说的“自我陶醉型”人格的人，这种人一生都在致力于维持他们在童年时代接受的那种优越感。他们追求的是“通过自我

羡慕和行使魅力”来控制生活。他们“笃信（他们的）伟大和无与伦比”，他们利用人，并且“似乎不在乎违约、不忠、欠债和欺骗”。但是他们不是“阴谋策划者”，相反，他们感到他们的需求“如此需要，他们有权享受一切特权”。他们期待得到别人对他们无条件的爱，无论他们如何践踏别人的权利。这样的人在自己的那套逻辑上往往是自证无敌的，因为他们把自己高高架在云端里，高射炮也休想把他们打下来。想那胡兰成，把这个女子描写得也是好的，那个女子也是好的，这么多好女子都这样爱自己，其实无非是要证明自己更好而已，毕竟找块金砖垫脚总是比土砖垫脚要更威风的。而张爱玲却是用三个字来对那所谓的“亦是好的”进行了消解和回应，那就是“好个屁”。都不过是尘埃而已，我亦没有你说的那么好，你也不用说我好来抬高你自己。张爱玲这哪里是把自己打到尘埃里，分明是拽着胡兰成一起下猪圈。不是没有爱，只不过他以为她一直把他当做神来拜，她只是把他当成人来爱罢了，如果曾经拜拜他，也和这世间男女之爱没什么区别，有真情，也有权衡和妥协，这里面性政治的成分，既现实又不美好，没有人喜欢看，她有本事讲，很多人没承受力去看。所以看完《小团圆》，我知道她是放下了，年轻时候说低到尘埃里，心里还有端着放不下的东西，现在是真的低到了这种地步，没什么放不下了。她明白自己在读者心里是个什么样的偶像，她用遗作亲手将它砸

掉。而那一位倒是一辈子都活在自己造神的意象里，高高把自己架在云端上，好歹在晚年找了些年轻的女孩子来崇拜他，这自造的神像，自己拜了一辈子。想想看当初其实可能连小康亦看透他，都没有真正把他当神来拜过，或者拜过，最终也是破灭了。可笑，可怜，亦是可悲的。

当人来爱，就当人来原谅。幻灭了，也总懂得了点什么。所以才有了最后那个梦，醒来后甚至是乐好久，因为其实都放下了。看到这本书的最后，我心里是很欣慰的，仿佛在这人生的囹圄中，听到一个熟悉的老友越狱不知所踪的消息，我为她最终得到的解脱和自由而高兴。至于书中种种令人不愉快的东西，那是事实，谁愿意面对也好，指责也罢，都只能随读者们去，懂得的人，自会慈悲。

每一个恶棍都优雅

2008 年新年的第一天，我在发烧中度过，白天睡太多，晚上睡不着，躺在被窝里看书看到凌晨，就这样把陀思妥耶夫斯基的《白痴》看掉了一半，终于关灯闭上眼入睡，退烧药，陀思妥耶夫斯基，神经错乱刚刚喝的咖啡一起纠结在脑子里，乱七八糟地入了梦。

我知道陀思妥耶夫斯基的书是不适合以这种读通俗小说的速度和方式来阅读的，因为他的作品强度大，密度大，最适合的阅读方式是看一看，放下来去做点别的事情，消化一下，再回来接着看。果然这次因为看得太快，变成了一大坨的钢块一样的东西硬生生地塞在了脑子里，消化不了，于是一不做二不休，干脆把剩余的半部也看完，然后去找两部轻松小书调节一

下。我之所以会读得这么快，实在是因为这小说太好看，让我欲罢不能的缘故。很多人一提到世界名著，心里马上想到的是艰深难懂，但事实上，任何一部伟大的作品，都首先是一部好看的作品。只不过，这个“好看”取决于你对好看有着怎样的标准，这个标准不仅因人而异，还会随着一个人的年龄增长，经历和阅历的增加产生变化，18 岁的时候我认为金庸的作品是很好看的小说，然而两年前我把《碧血剑》看一半扔在了火车上，我跟朋友说我少女时代错过了亦舒，朋友于是把她视如珍宝的亦舒作品借给我看，我也实在是看不下去。我想有些作家如果你没在 18 岁的时候遇到，就永远不必再读了，有的作家你在 18 岁的时候遇到了也不会懂，但是总在未来的某一天，你发现他在等着你。

陀思妥耶夫斯基是这后一种作家，他是一座宝藏，关于他的伟大，他作品的意义，已经有太多人谈过，作为一个普通读者，我想说的只有一点，他的作品真的很好看，无论你什么时候重读他的作品，你永远不会感到无聊。比如在这次阅读《白痴》的过程中，我发现老陀实际上是一个特别善于拍群戏场面的“导演”，他的群戏表现层次、节奏、人物的个性、镜头的调度拿捏得都是那么恰到好处，既有个体的彰显，整体又不显凌乱，我是一个爱好看群戏的电影观众，因此对排群戏的难度之大略知一二，事实上能把群戏拍得好的导演很少，一出糟糕

的群戏很容易变成一出闹剧。而且小说毕竟不是电影戏剧，通常小说家在一个场景中能驾驭好四个人物已经很难了，在列别杰夫别墅一场中，陀思妥耶夫斯基一下子描写了十九个人。这十九个人，有贵族也有平民，有品德高尚宛如赤子一样的年轻人，也有心怀鬼胎的恶棍，每个人都个性鲜明，没有一个人是没有用的、不需要出现的，也没有一个人是没有自己的思想的。读到这里时，由于一下子出场了十九位“哲学家”，我感到头昏脑涨，但是也真是兴奋异常，我可以隐隐约约地感觉到这一整章的内部结构和叙事节奏是十分清晰的，我暗暗想，也许我去重读一遍或者几遍，就有可能看出来他到底是用了什么招数才做到的。那感觉像是在面对着一个复杂的建筑物，人们可以摸得到它的每一块砖，它们看上去都是那么平淡无奇，但是人们就是不知道它们是怎样被垒到一起，成就这样的奇迹的。我读到这里，已经在为自己目及的这一切叹为观止，也因为明白自己将永远不能复制而沮丧不已之时，以为这已经是所有了，但却没想到，更不可思议的还在后面。当我已经完全参与到一场关于这个世界的信仰和灵魂的大讨论中的时候，当我的大脑在高速运转、马上要着火了的时候，那个快要死掉的年轻人突然打破了沉默，他说：“您可知道我到这儿来是看树的吗？方才您告辞的时候，我忽然想到：现在这些人都在这里，将来他们永远不会有了，永远不会有了！树木也一样——只剩下一面

砖墙，梅耶耳家的红砖墙……”

在所有的对灵魂、人生和真理的追问之后，突然有人说出这样一句话，轻飘飘的一句话，也是神来一笔的一句话，将这句话和前面沉甸甸的许多话放在一起，和所有对真理的孜孜不倦的追求放在一起，把人的心砸了一个实在。

这男孩就是陀思妥耶夫斯基批评的虚无主义者，他的话戳中了我，因为我也是个虚无主义者，我就是那种对真理不能说完全不感兴趣，但最后总还是会吊儿郎当地跑去看树的那种人。虽然陀思妥耶夫斯基批评了我这样的人，我仍然那么喜欢他，因为他能够让虚无主义者在最令人意想不到的，也是最恰当的地方出场，说明他是真的懂，不仅懂虚无主义，也懂得自己在做什么。要知道懂得亦是弥足珍贵的，有了这份懂得，即使他不赞成也没什么关系了。

俄国人天生适合在饭桌上很随便地谈论灵魂，这实在是太奢侈了，但这就是俄罗斯式的日常。在这十九个人里面，即使有些人是卑鄙下流的人，你仍觉得他们有自己一整套十分完整的人生观、哲学观，他们依然思考人生，即便是最卑鄙无耻的人，也在热情地讨论着关于灵魂的话题，即使是一个丑陋的骗子，也绝不苍白和浅薄。这些话题如果出现在中国人或者英国人的饭桌上，会让人觉得不那么对劲，甚至是有些可笑的。但是当大家听到俄罗斯人一边喝着酒切着肉，一边谈论灵魂的时

候，却没有人会觉得他们是在故弄玄虚。

每个读者都会有他读书的个人偏好，我比较钟情的作家，不仅仅是写得好，还要有着令我着迷的气息，这气息就是陀斯托耶夫斯基笔下那些思想深刻的恶棍，是阿加莎·克里斯蒂故事中优雅的凶手。这气息仿佛是一种暗号，当你翻开书，它们就藏在字里行间，而不在人人都能读到的文字表面，只有有缘的人才会认识它，帮助读者跨越时空，跨越一切种族、性别等等人类心灵的沟壑，握住他的手，在他的肩膀上伤心地哭泣，得到他温暖的抚慰，从此不再孤独。

| 不关卡佛的事儿 |

上周末钱粮胡同的老板跟我说译林出版社为《大教堂》办的读者交流会上，她要出席做嘉宾。我看了看那张不知道译林哪个少根筋的家伙拟定的宣传通稿，上面写着早上十点，运了一会儿气才报了名。果然到了那天，除了老板自己以外，被我勾引的几个家伙一个也没出现，我在整个交流会中不断地发短信骚扰还在赖床的、卖呆儿的、不知道干吗呢的几个人，结果一直到交流会结束，各路人马才被我召集整齐，大家就快快乐乐地去吃吃喝喝了。

我对卡佛不熟悉，只能算作是嘉宾的亲友团列席这次交流活动，当天在现场才拿到卡佛的书，打算回去再看，所以最初听大家讨论的时候是心不在焉的，即便如此，我仍然注意到讨

论已渐渐地偏离主题，陷入了一种莫名其妙的氛围中。每个人都在热烈地讨论卡佛的读者是一些什么样的人，却没有人真正在讨论这位作家和他的作品，这真是件奇怪的事，我想大概是由于肖复兴老师在发言时说，卡佛自己一生不得志，写的都是底层人民的生活，所以读卡佛的人都是一些心想事不成的人。马上便有人说，在中国，卡佛的读者偏偏是中产人士居多，比如苗炜老师写的那位翻译了本书的小二先生，日子过得就蛮滋润的呀。于是大家就这个问题开始没完没了地讨论下去。到最后甚至延伸到了为什么读者要去读卡佛的小说，而不是郭敬明的小说，我听着真有点着急，一个小说家，如果要用世俗的成功标准来衡量他和他的读者，这事儿就挺没劲的了。

其实这问题对我这样一个普通读者来说好简单，那就是任何一个伟大的作家，他的小说里都有自己独一无二的迷人的气息，这气息也许是可以分析的，但却是不可复制的，你可以抄袭故事，抄袭语言，抄袭结构，但是你却无法抄袭这种气息，所以伟大的作家的小说，从来不仅仅是给人讲好一个故事、讲明白一些道理那么简单，关于这一点，我想用马尔克斯描写海明威的一段话来更确切地说明问题：

> 他所描写的一切，他曾拥有的每一刻都永远属于他。每回经过欧德翁大道 12 号，就会看到他和西尔维亚·毕

奇在一家现在早就变了样的书店里聊天消磨时间，直到傍晚6点，詹姆斯·乔伊斯可能正好经过。在肯亚平原，才看了一次，那些水牛和狮子还有最秘密的打猎秘诀就归他所有了，斗牛士、拳击手、艺术家和枪手，一出现就纳入他的麾下。意大利、西班牙、古巴，大半个地球的地方，只要提过，就给他侵占了。哈瓦那附近的小村子寇吉马是《老人与海》那个孤独渔夫的家，村里有块纪念老渔夫英勇事迹的匾额，伴随着海明威的箔金半身像。费加德拉维吉亚是海明威在古巴的避难所，他死前没多久还在那儿住过，阴凉树下的房子还保持原状，里面有他各式各样的藏书、打猎的战利品、写作台、他巨大的肖像剪影，还有他周游列国收集来的小饰品，这些都是属于他的，但凡曾被他拥有的，就让他赋予了灵魂，在他死后，带着这种灵魂，单独活在世上。

这就是一个伟大的小说家所必须具备的气质。卡佛如果是一个伟大的小说家，那么他必定也同样具有这样的气质，这和他是不是一个loser，是不是一生穷困，是不是描述底层人民的生活没关系，如果读者只是因为自己心想事不成而去一个小说家那里寻找心灵慰藉的话，那直接去读《知音》杂志吧，里面的故事一个比一个悲惨。如果读者是要靠别人讲故事带来

生活的希望，为他励志的话，读卡佛的作品还不如看好莱坞励志大片。

那一天我虽然没有发言，但是卡佛的书回家倒是有看，就放在手边，每天早上起来看一篇，很容易地就看了大半，我喜欢那只该死的神经兮兮的老孔雀，最后它往那个丑孩子衣服里钻的时候，请原谅我不纯洁地读出了一些色情的味道。那两口子因为那一天拜访了一对“完美夫妻”，于是中了邪，结束了丁克生活，最后搞了个孩子出来的结局，让我乐了半天。用一只秃毛老孔雀，破假牙和丑八怪孩子就能哄自己玩是一种本事，但这事儿的确不是每个人都做得来的。还有《保鲜》里的那位丈夫，很像我一个朋友的弟弟，他从二十出头就待在家里，有一次我在朋友家上厕所，发现在一堆家具中间还静静地坐着一个人，把我吓了一跳。读到“珊迪听说朋友有个叔叔也是这样在床上耗了二十三年的时候快吓晕了”，我躺在床上坏笑了一会儿，觉得被吓晕了这件事很有趣，真应该把这篇文章给我的朋友看一看，跟她说，看，有人写了你弟弟，后来又想起来，她更爱看的是郭敬明和亦舒的小说，而且她一定也不觉得这事儿有什么可笑的。

就是这样吧，如果一定要我说属于卡佛那独一无二的气息是什么，其实我也说不上来，也不想说，反正书里的一切都是这个叫做雷蒙德 · 卡佛的家伙的，那只老孔雀，那只恶心的耳

朵，那只面包圈，软座车厢，这些都是这个穷鬼的。这些平常的卑微的不起眼的琐碎日子，就这样成了永恒，而他拥有这一切，永远拥有。我在网上看到过一张照片，照片里是纽约的冬天，一个乞丐坐在落了雪的公园里，旁边是他的狗，他讨钱的罐子和一块牌子，上面写着：

“So what, I just want a beer! ”

我想生活里有那么多让人绝望的事，有时候把自己当成个作家，是不是日子就可以稍微好过点呢？我天天编杂志都在琢磨着怎么把积极向上融会贯通，可是了不起的小说家从来不负责给人希望，如果有，那也是写作本身，却不关卡佛的事儿。有人觉得很奇怪，到底是什么促使卡佛能够在那样的穷困中一直坚持写下去的呢？其实我蛮不喜欢人们把卡佛的写作渲染得那么悲情，也不赞成把卡佛的读者界定为蓝领或者白领。海明威说过：“一旦写作上了瘾，成为最大的乐趣，不到死的那天是不会停笔的。”我认为卡佛也是这样，不需要过度的阐释。我开始变老了，开始特别害怕看人一本正经地讨论文学，我们都不会是第一天才了解生命的虚无。卡佛是一生坎坷，但咱们自己也不是蜜罐里泡大的呀，我一边看他的小说一边在想，这家伙这么穷，也还有辆车呢，美国人民生活真好。大家总是在讨论卡佛的经历坎坷，仿佛是在讨论《渴望》中忍辱负重的女主角一样。卡佛的书介绍到中国之后，总看到人在问，谁在读

卡佛？到底谁在读卡佛？我想就是我呀，我在读卡佛，可是这又关卡佛什么事儿呢？又关你什么事儿呢？我可以读卡佛，也可以不读，就像我从不觉得我一定要去读海明威一样，但是我读了，我喜欢上了他。可是人生不就是这样吗？在没完没了的日子里，一个面包圈，一杯啤酒，在夜里读卡佛的小说，看他那些绝望到底的故事，想想也不过如此，想到自己也可以写写自己的小说，这些小小的事情，都是人生中的“好事一小件”。这不就足够了吗？

| 成也张迷，败也张迷 |

《小团圆》看完之后，我上网搜索一番，想看看除了书评人，普通读者对这本书的接受程度。虽没有我想象中热闹，但有一个十分有意思的发现，“我不是张迷”这句话出现的概率极高，几乎所有自认为不是“张迷”的读者为张爱玲说几句肯定的话，就一定要补充说明一句：“我不是张迷”，这许是很多人非常反感被贴标签，结果只好自己搞个标签贴上了。我有一个作家朋友，粗粝汉子一个，有一次他和我聊起张爱玲，便说张爱玲是个很不错的作家，他曾经买过一整套张爱玲的作品。然后补充说，但我不是张迷。我大笑，好吧，作为一个张爱玲的作品基本都读过，并且也觉得张爱玲真是个不错的作家的读者，也得赶紧用加粗黑体字强调一下：我也不是张迷。

张迷是谁？很多年前我也曾纳闷这个问题，后来在网络上看到有个叫“张迷客厅”的论坛，才知道这不是一个人，而是一群人，也知道了人们对“张迷”的种种评价。中国文学史当然是不会稀罕研究“张迷”的，但我觉得张迷的存在，却恰恰说明张爱玲在中国文坛上是一个多么独一无二的作家。我的一个朋友，因为喜欢张爱玲，但是拒绝被贴上“张迷”的标签，所以几乎从不在公开场合，和不熟悉的人谈论张爱玲。我身边的“张迷”，如果是业余写写文字的，一落笔就总带着些“张腔”，而职业文字工作者更有意思，很多人平时写东西都是有自己的语言风格，可是只要一碰到写和张爱玲有关的文字，就立刻不自觉地变成了“张腔”。甚至在《小团圆》之后，我读到一些鄙薄此书和张爱玲本人的文章，作者都完全没有意识到自己正在不知不觉中模仿张爱玲的语言风格，一个张迷对我说，这正说明了张爱玲的气场强大。我说这正说明了张爱玲的气场强大，但还不够强大。

模仿她的写作风格，学习她的姿态，了解她全套八卦，读过她所有的作品，自觉担任起维护她的义务，就容易产生一种拥有对方的感觉，觉得自己拥有对她的解释权，这是典型的粉丝对待偶像的心态。约翰·列侬被杀，是这种心态发展到极端，幻觉被打破时一种愤怒的表达。我观察到，张迷中的一部分人在谈论张爱玲时，会情不自禁地采取一种很霸道的方式来表达，

以粉丝的姿态去质疑其他读者评论的权利和资格，去比较谁更懂她，虽然总是采用一种模仿出来的张氏优雅的姿态，却难以掩饰粗暴的内核。这一部分张迷因为行为表达太过突出，变成了“张迷”的一个标签，导致了有的人对张迷比较反感。喜欢一个人是没有问题的，问题是粗暴。一个真正的小说家，他应该拥有的是读者，而不是大量的粉丝，真正的大师就好像是珠穆朗玛峰耸立在世间，他们作品中太过强大的气场，让他们的作品属于整个世界，而绝不可能只被一小部分人所拥有。托尔斯泰的忠实读者不会觉得自己可以拥有托尔斯泰，因为心怀敬畏，也就会多保留一份清醒。所以从这个角度来讲，我个人一直觉得，虽然张迷很热爱张爱玲，希望她的文学地位上得到更多的承认，但他们往往都没想到过，张爱玲作为偶像的形象和这些张迷，正是这么许多年来的误解，让人们认识不到她是一个很好作家的主要原因。正可谓，成也张迷，败也张迷。张爱玲的才气是毋庸置疑的，她足够勤奋，也有生活的底子，可以说，从各方面来讲，她都有着成为一代大师的必备条件，可惜的是，这个偶像的身份也耽误了张爱玲自己的创作道路，她的文学成就本该远远大于今天她所问世的这些作品，但是她没有走出来，走下去。世人都认为她的写作才华，是因为胡兰成而枯萎了，但是我不这么看，在《小团圆》的序中读到宋淇写给张爱玲的信里有一句里——“你是一个偶像”，作为一个写作者，

我还是不得不说，这是我读到的对于一个真正的作家最糟糕的诅咒。宋淇先生是张爱玲的挚友，也是张爱玲最后信任的人，我相信他必定是真的疼惜张爱玲的，但是他不是一个作家，他的劝告，是一个不懂写作的人，对一个作者的写作最大的伤害。一个作家如果有了“偶像包袱”这种放不下的执念，顾虑重重，想要尽情写作、超越自己、找到真正的灵感是很难的，尤其是像张爱玲这种少年成名的人，前半生写作道路顺风顺水，得到的太容易，这些成就、声名反过来也束缚了她，她必须要用漫长的后半生去学习舍去。如果身边的人再不时提醒她要注意形象，那么这样畏首畏尾地写作，得失心这样重，就会少了一份身为作家尽情挥洒的纯粹自在，她的创造力毕竟大打折扣，这样如何能跳脱豁达，达到大境界？

所以，在读《小团圆》的时候，我心里是一边感到惋惜，一边感到欣慰。惋惜的是，因为种种的原因，这本书出版得太晚，张爱玲如果早一些出版这本书，她能够在有生之年看到自己作品被讨论，和中国作家群体重新建立链接，这部作品应该是她写作生涯的一个里程碑式的转变，她之后的作品还有可能更上一层楼。而欣慰的是，张爱玲依然有着天才作家的清醒和勇气，她很清楚自己的偶像包袱，也清楚自己身上的枷锁，她在给宋淇的信中说：“这些人是我的老本，也是我的包袱，我得背着。”在这部作品中，我看到作为偶像的张爱玲被她自己一手颠覆，

从某种意义上来说，她背叛了她的粉丝，亲手摧毁了他们心中为自己塑造的形象，剥夺了他们的幻觉，但是她不可能像列侬那样被杀死一遍，中国人也不作兴用这么激烈的手段表达。所以有很多粉丝十分愤怒，指责宋以朗不应该出这本书。而作为一个写作的人，我则更喜欢这种自我颠覆，虽然这自由和解脱我们得知的太晚，但是我为她高兴。

她说她爱上一个人的时候是“低到了尘埃里”。直到看完《小团圆》，我才明白，说这句话的人真是老实，反倒是常常引用这句话的人太做作。等到她真的扯掉身上那华美的袍子，让人们看到低到尘埃里的真实的时候，很多人却掩面而走了。有人说《小团圆》里写满了她的“放不下”。我的感觉却是相反，那样的恋爱，能像今天这样写出来，不是因为放不下，而是因为放下了。抛开一切世俗名利不谈，真正诚实纯粹的写作，对一个写作者来说本身就是一种治愈。她需要把这些往事写出来去求得一个解脱，也需要对自己被“偶像”二字所负累的一生的解脱。谁知道呢，反正她就是那么干了，虽然宋淇提醒了她，她自己也并非不管不顾地决定出版，但是不管怎么说，她毕竟还是亲手把它写出来了，自己的这个偶像，在这个写的过程中，也被自己亲手砸烂了。至于最后要不要出版，要不要在世人面前砸烂，这个问题要看你从什么角度来定义她了，作为偶像张爱玲，不该出，作为作家张爱玲，很应该出。旁观张爱玲的这

一生，虽然传奇是足够传奇了，却总觉得无论是作为作家还是女人，其实都没有真正尽兴和任性地活过，总让人觉得好像缺少一口长气，不吐不痛快。但是《小团圆》这本书，的确是让我觉得痛快了一下。她的这口气好歹吐出来了，所以我想她如果在世，能够真正自己做出这个出版的决定，那就更酷了。

| 不爱那么多，只爱一点点 |

拿着倪震的《大胆爱》在看，十分有趣。我身边曾有好几个姑娘表示不喜欢倪震，嫌他情史太多，太过风流，文笔又好，巧言善辩，仗着在媒体上有话语权懂得为自己描金，总是立于不败之地，天下便宜都占尽。当然，也因为同样的原因，很多人特别喜欢他。当年周倪恋一波三折的时候，多少人幸灾乐祸，多少人义愤填膺，后来发生戏剧性反转，两个人喜结连理，网络上对周慧敏大呼不解的反倒是女性居多。还记得当时正好广州的黄佟佟老师北上来京，我们俩夜半在咖啡馆深度八卦此事，黄老师对香港人的理解颇为深刻，她说香港那个地方，1997 年回归才正式结束一夫多妻制，香港女人精明能干，香港男人要么是无能懒惰，稍微有能力勤劳一点的就很多三妻四妾，周末

到深圳玩，随便走进一个高档夜总会，排着队站在面前的小姐，个个都是港姐的级别，如果想找美貌温良的纯情女孩金屋藏娇也是容易，所以像倪震那种男人，在香港其实已属难得。周慧敏是地道港女，从小对这些司空见惯，会选择坐定自己的大奶位置不放，也是从小受香港文化熏陶所致。这些观念上的差异，和我们内地大不一样，不能完全用我们内地人的思路去理解。

这样的话，后来我在这本《大胆爱》里也有读到，倪震劝告一位十分出色的香港姑娘，说香港男人到了内地，只要月收入五万的就可以找到各方面条件都不错的老婆。叫那位香港姑娘搞清楚状况，要想嫁，就不要再摆谱拿架子，用温柔把自己的男友夺回来。又告诉另一个被包养的姑娘，无论你怎么觉得自己更优秀，但二奶就是二奶。这话听起来可能真的很让人生气，但是我们知道他讲的都是香港人生活的现状。你总不能让男人说实话，可等他们真的说实话又恨他们说实话吧。再说了，这就是香港人的爱情，不怎么玩深沉，务实得很，讲感情倒是很讲感情的，但也没有滥情，小小的温暖里总有些看破世态炎凉的冷意，就像我们经常看到的港剧里的桥段，一个人失恋了，另一个朋友去劝，翻来覆去地无非那么几句。“变成现在这样，谁也不想的。”“感情不能勉强。”“我下碗面给你吃。”所以即便是才子的回信，谈的是感情，也是这般调调，没那么情意绵绵，也追求政治正确，不剑拔弩张，简单明了不麻辣，很清楚

地点到问题即可，同时也保持着一种洒脱和看透，保持着礼貌的 leave you alone 的距离感。就好像在香港街头人和人之间的距离一样，即便是人潮攒动，也会让你觉得周身不被侵犯，还可以有一点点呼吸的空间。失恋了呢，就去看倪震的专栏啊，看完也没什么，剩下的事归你自己去做，找你妈妈下碗面给你吃啊，吃完明天继续开工就好。

爱情也是和一个城市的性格息息相关的吧，北京有北京式的爱情，上海有上海式的爱情，而《大胆爱》这本书，其实就是港式爱情和港式爱情观。李敖有句歌词，“不爱那么多，只爱一点点”，唱的就是这种爱情，这是《志明与春娇》，也是 TVB 电视剧里的香港爱情故事。香港近几十年都没有经历大的社会动荡，经济发达，人们安居乐业，一直过着相对和平的小日子，作为一个贸易通商口岸，香港生活节奏快，人人忙于打拼赚钱，因此港人解决爱情问题也好，生活问题也罢，也都十分务实地追求效率，不虚耗，不情绪化。港剧和文学作品中很少有苦情或者深沉悲怆的戏份在，多是松弛的心态。你当然可以理解这种气质为一种浅薄，但是换个角度看，港人也有港人的见多识广，沉着冷静，重感情的同时，也保留了一份清醒和精明练达，你也可以把它理解为是一种举重若轻的大境界。

倪震先生的回信，在我看来，就是有着这样一种香港精神

在里面，这也是我比较喜欢此书的一个原因，即便是风流才子，也是并不伤春悲秋，毫不矫情。对于内地的读者来说，写信给倪震，得到的回答可能有点不接地气儿，但却也跳出了我们一贯的思维的囹圄，带来别一番参考性。也许有一天，我们也能学会经历那种锥心刺骨的疼痛时，淡淡说一句："我去下碗面给自己吃。"不过真有那样的时刻，大概我们这些写情感专栏的，就都要失业了吧。

| 用自杀代替写作 |

刚刚读完三岛由纪夫的传记《美与暴烈》，一时间实在难以消化一个绝美又凄厉暴烈的故事。我对三岛由纪夫的作品并不熟悉，但对这个人却充满好奇，就像不吃鸡蛋，却想知道那只下蛋的母鸡，想必很多人对于他也和我一样怀有相同的心情吧。在此之前，我大概知道这个男人的一些事，都是些泛泛的资料。所以翻开书，看到作者提供的一些照片，还是感到很震撼，尤其是其中的一张，是在他切腹前做演讲时被作者远远地拍摄下来的一张远景照片，照片中只有一群人和站在楼上的一个小小的人影。那个人影便是三岛由纪夫。照片下注释里写道："正午，准点。三岛由纪夫走到了阳台上。他大步流星，走到最靠栏杆的地方。远远望去，这只是一个小小的身影，一身棕

色的盾会制服。下面的人只能看到他的脑袋，也能看到绑着的头巾，那轮鲜红的日出图案不偏不倚，正在他的眉心。他一跃而起，站到了扶栏上。于是，瘦小而结实的身形终于完全显露在大家面前。制服上的铜纽扣反射着十一月的阳光。双手戴着显眼的，雪白色手套，但上面的血迹也同样触目惊心。几分钟后，他便切腹自杀了。”

作为平冈八威出生，最后以三岛由纪夫的身份死去的这个男人的一生，是从一出生就注定了要自杀的吧。从小体弱多病，被奶奶圈养在二楼里不让见母亲，不让下楼，身材矮小，内心自卑，服兵役的时候当了逃兵的少年，一定是从小就有过无数次自杀的念头的。他对青春的沉迷，对肉体的热爱，让他很想在年轻的时候就死去，但是他没有这么做，在成为三岛由纪夫之后，他曾经在散文《空白的作用》中写道：“我胆小，不能自杀。但这种丑恶滑稽的念头，我总是拿它没办法，实在讨厌，所以我就用写小说的方法来代替自杀。”这句话直白坦率得令我惴惴不安，我在自己的小说里也写死掉过一些人，曾经有读者问我，为什么在你最初的小说里总是有人会自杀？现在我承认他们都是代替我青春壮丽而死的，也许很多写作的人本都在用写作代替自杀，或者说用写作尝试一遍一遍地讨论那个盘桓在头脑中的疑问：我是否应该自杀？等到有一天写完了，写作的魔力消失了，我们发现写作同样是虚无的，并最终

都看破了这虚无，于是有的人选择活下去，而另一些人就真的去死了。

在三岛由纪夫最后的日子里，写作的魔力已渐渐地褪去，童年时内心种下的虚无之境慢慢弥散，即使作为一个作家如日中天，这样的成就也无济于事，军国主义只是精神上的替代品，但那不能代替他死，反倒促成了他的自杀。人们普遍认为是极端的军国主义促使他自杀的，其实很多军国主义者并没有像他这样自杀，所以我认为，他是因为本来就想自杀，所以才这么干的。因为自杀是他的童年梦想，是他未完成的英雄梦，他本来就想死得轰轰烈烈，想了很多年，所以才这么干的吧。中国有句成语，叫知行合一，钱锺书老先生曾经说过，只有禽兽是天生知行合一的。三岛由纪夫当然不是禽兽，他从一个懦弱少年渐渐成长为一个具有行动力的男人，靠自己坚定的毅力塑造了希腊雕塑式的身体。他也从只能用写作来代替自杀的知性的世界，慢慢地开始向肉体行为的感官世界过渡，他拍的照片，扮演的戏剧角色，对自己的形象的塑造，都注定了他最后对行为表达的热爱不亚于对文字表达的热爱。但是他的灵魂深处有太多的矛盾，一方面看重名利，一方面又极度虚无，肉体日渐强大，内心却依然自卑，因为渴求却得不到而始终焦躁不安。活得知行合一是不太可能，这世界上没有人可以活得知行合一，也许只有通过死，才能达到他所希望的知行合一吧。

所以别人的自杀都只是一死了之，三岛由纪夫的自杀方式却是如此的惊世骇俗。前文提到过米兰·昆德拉的《不朽》，在描述一个宣称要自杀的女人的时候，昆德拉说："她并不是想离开，她想到自杀仅仅是因为这对她说来是一种'留下来'的方式，留下来跟他在一起，和我们在一起，永远留在我们的记忆里。"昆德拉还认为，人人都对"不朽"有所追求，有的人靠传宗接代，有的人靠工作或者创作艺术作品和文学作品，这其中的区别只在于追求大的不朽和小的不朽。三岛追求的是大的不朽，所以即使永远地离开了，也要留下些什么，他想要留在人们的记忆之中，这种对不朽的追求，仅仅靠写作是无法满足的，身为一个作家，他太知道文字这东西，是如何被人们迅速地遗忘，所以他选择这样结束他的一生。

我被他人生最后华丽而凄厉的出演深深震撼，从用写作代替自杀，到之后用自杀代替写作，无论你是喜欢他，讨厌他，唾弃他，憎恨他，我们都不得不承认，这个作家，这个军国主义疯子，这个谜一样的男人，他想做到的事倒真的是凭本事都做到了。这样的人生太过凄厉，也并不美好，但是却真可以算作知行合一，十分完整。或者我们也可以说，三岛由纪夫最不朽的作品，是他的人生本身。他的自杀的行为，就是他永远会被人们记住的作品。读过这个故事的人，没有人能够从记忆中将他抹杀。

在自杀的那天的早上，当三岛由纪夫最后一次离开家门时，他在书桌上给家人留下了这样的一张字条。上面写着：

“人的生命是有限的，但我想永远地活下去。”

闲话翻译腔又及你为什么读不懂翻译小说

前些时日和写作的朋友闲聊，说到一个作者如果能学好一门外语，对他用纯正的中文写作会有很大帮助，朋友很不以为然。但这个问题太复杂，没法用一句话两句话解释清楚，索性开篇动笔，把这些想法整理出来。我不是学者专家，只是作为一个学过英文、做过基础英语教学，并且现在用中文写作的作者的一点个人感悟，记录并分享在此，权当是给爱好写作、学习英语的朋友们做个参考，有不当之处，还望读者谅解包涵。当然我也只是学习过英语，所以下文中所列举的翻译腔的例子，主要是以英语翻译腔为参考，不再另作强调。

要想说清楚什么是翻译腔，我们首先得从什么是英语开始。

这个问题听起来有些奇怪，但从我自己学习英文和教书的过程中得到的体会，我觉得许多中国学生学不好英文，其实和从根本上没有弄懂过这个问题，甚至从来不知道有这个问题存在有密切的关系。我们大多数人从小开始学英文，一猛子扎到了茫茫的单词和语法的海洋中，不停地背课文做卷子，可最后还是把英文学得一头雾水，千头万绪总也理不清。

那么英文到底是什么呢？我上大二的时候，我的翻译课老师说，英文是一种结构性的语言。就这样简单的一句话，内藏的玄机，我是在很多年后教书的时候才真正领悟到的。所谓结构性的语言，其实解释起来是很简单的，即英语是利用句子的结构来表达语态和时态的。这点和我们中文大不相同，举个例子来说吧，比如“我游泳”这个句子，如果用中文来表达时态，只要加上时间即可，“我明天游泳”，“我昨天游泳了”，“我正在游泳”。但是在英文里，却是要用整个的句子结构来表达时间的，“I'm going to swim.”“I went to swim.”“I'm swimming.”所有的英语时态，都是通过一种句子结构来呈现的。而在英文中，“today”“tomorrow”“now”这些词的存在，也并不会从本质上影响人们去理解动作发生的时间，它只是为了更准确地表述或者强调时间。这和中文的表达方式非常不同，不同时间发生的动作，用中文表达，句子的结构大同小异，没有这些确切表述时间的词，“了”这种语气助词，你不知道游泳发生的

是在过去，现在还是未来。不仅时态是这样，英文里的语态也是通过结构来表达，疑问句有疑问句的结构，虚拟语气也有虚拟语气的结构。在中文里，“她去游泳。”和“她去游泳吗？”只需要一个语气助词和标点符号的转换，但是在英文里，就需要把陈述句的结构换成疑问句的结构。

作为一门讲究结构的语言，英语的语法是非常严谨的，在这样的结构下，英语有一种建筑般的稳定和层次感。举个例子来说吧，当一个复合句，它的主语是一个很长的完整的句子时，通常这个主语会被放到这个复合从句的后面去，而原来放置主语的位置，会用“it”来作为形式主语代替它。对于语法上这样的要求，我个人是这样理解的：用长句子作为主语，那么这整个复合句的结构就会显得头重脚轻，句子的结构会失去平衡，不稳定，好像是倒立的金字塔，根本没有根基，立不住。因此就要改变一下它的结构。把长句子挪到后面，主语用“it”来代替，头小，底座大，头轻脚沉，这样一个句子重心就稳定了。

正因为英文是如此讲究结构的合理性和稳定性，因此英文这种语言是特别适合长句子的写作的，它的结构清晰，逻辑缜密，可以一个从句套一个从句、一个从句链接一个从句地写出非常复杂的长句子，但句子和句子之间，又可以层次分明，错落有致，把很多意思叠加在一起表达，却丝毫不乱。像乔伊斯这样的语言大师驾驭语言，可以做到整整两页纸只写一段话，

这一段也只有一句话。他能做到从句套叠从句，搭建出一个一句话的迷宫，你如果像拆枪一样把它拆开，又会发现它的意思，所合乎的语法都丝毫不乱。

相比英文的这种严谨的语法，中文的语法就没有这么严谨和系统了，我们在中学时学习的稍微系统一些的中文语法，都是语言学家在四十年代以后才归纳总结出来的。在我个人看来，相较于英文严谨的结构来说，中文是一种任意性比较强，非常写意和随心所欲的一种语言。如果英文是一砖一瓦盖起来的宫殿，中文就好像天上的流云，地上的流水。之所以没有那么讲究结构的稳定，是因为它本身就不靠结构来表达。

也正因为重表意，不十分讲求语法严谨、结构稳定、逻辑关系完整清楚，所以从根本上说，中文就不像英文那样适合长句，而是一向以短句表达为主。口语表达自不用说，书面表达也是如此，大家可以回想我们当年学过的文言文，那是最初的中文的书面语言，多么短促有力，简洁明了，多么有魅力。一篇《荆轲刺秦王》只有几百个字，却是惊心动魄，荡气回肠。即便是后来白话文兴起，以短句表达也是中文本身重表意的性质所决定的。

之所以会做这样的比较，并非是想判定这两种语言孰优孰劣，恰恰相反，当我明白了这一点后，我比从前更加喜欢英文，也真正地开始热爱中文了。除去修辞上的美感以外，英文的大

美是一种建筑学的美，而中文的美，则是行云流水的大写意的美。这两者都是伟大的语言，但是它们的美本质上是不同的。这就像在观看一幅中国的山水画，整个画的内容，是随着画卷一边徐徐展开，观看者一边慢慢地看到画的全貌，如果观看者只看到一幅山水画的一部分，也丝毫不会影响他对这半幅画的内容的了解。而西洋画的观看，则必须第一眼看到画的全局，景深，透视，如果像中国画一样卷起来慢慢展开来看，那么你不把整个画展完，你就不太可能知道画上的是什么。中文阅读，就像是看中国画，是展卷式的阅读，当你读到一个句子，你会一边读，一边获得信息，一边知道说话人的意思。而英文的阅读，常常是必须读完整个句子，看到整个句子的结构，复句之间的关系，才能判定这个句子的内容到底在讲什么。

我想很多中国学生都有过这样的经验，就是在英语考试时，阅读理解和完形填空题总是失分最多的。开始的几句总还能看得明白，可是越往后读，就越来越乱，即使词汇量不是问题，也常常越读越迷糊。其实会出现这样的问题，其根本原因是由于我们都习惯了中文的阅读方式，一边读一边获取句子传达的信息。所以，做阅读理解的一个很重要的诀窍，就是一个句子一定要一口气读到句号为止，然后再去整体地理解它是什么意思。不明白的话就把句子拆开，搞清句子的结构，像战士拆枪，建筑师画图一样。但决不可像我们习惯的读中文那样一边读一

边去理解句子是什么意思。那样的阅读，就像是用打开中国画画卷的方式，去打开一幅西洋画，结果画只展开了一半，阅读的人就因为看不懂而放弃了。当然这种打开方式，是一种阅读方式整个的转换，更是语言思维方式的整个转换，后天学习语言的学生，需要经过长期的、大量的训练。

前面铺垫了这么一大堆，现在我们终于可以回到最初，到翻译腔的问题了。对于学习外语的人来说，翻译是外语运用的最高境界，而文学作品的翻译，又是翻译中最难的。因为文学不仅仅是给读者讲故事，真正的文学大师，常常也是语言大师，他们深谙各种语言技巧，同时又对语言运用充满想象力和创造力。他们天马行空的语言能力，常常需要翻译者以极高的悟性去理解，相对来讲，科普理论等应用文章从遣词造句的角度来说，翻译起来会比较容易一些。但是也同样要求翻译者不仅仅是英文好，而且中文也一定要好，并且深谙中英文差异的本质，只有丰富的词汇量是不够的。文章中的长句子的句子结构也要转换成中文的短句，倒装句要正过来。因为英文中的长句子，是有它的语法基础的，是以其结构上的严谨稳定作为支撑的，而以中文重表意、行云流水的风格，硬要用中文打造出长句子来，就变成了无根之木，无源之水。

正因为如此，真正的翻译大家都不仅仅是外语好，而且也必须是中文极好的语言大师。我对他们的钦佩，不亚于对各路

文学大师。他们翻译一部作品，常常要一年甚至数年，抛开过去的科技资讯不发达的因素，这也并不夸张，因为有时作家们的一个绝妙的句子就暗藏弦外之音，需要理解准确才能翻译准确，作者健在，很多认真的翻译家都会反复跟作者沟通才会确定译文的。当然，随着大量翻译作品引进，翻译界的风气也越来越浮躁，翻译们很少还会像当年那样精工细雕了，他们常常会把一个长句子，不对任何结构进行转换，就直接把长句子生硬地翻译成中文,倒装句也不会正过来。这样很方便很节省时间，理解得囫囵吞枣也可以直接硬来，久而久之也就造就了现在的这种翻译体。到了现在，翻译队伍更是鱼龙混杂，翻译出来的东西，不能看的常常太多了。现在真正的翻译大家已经很难出现了。不是因为没有外文水平，而是因为没有中文水平。我们国家的外语专业的教学有个很大的问题，就是进了外语系，只注重外语教学，学生的中文底子都很差，不知道现状是不是还这样。

翻译体既不是英文，也不是中文，而是一种在翻译过程中被制造出来的两种语言的嫁接体。由于是中文嫁接了不同国家的语言，因此翻译体之间也各不相同，英文作品的翻译体和日文作品的翻译体风格迥异，当我们读乔伊斯时，觉得他的长句子特别牛，以为这就是大师的语言风格，便跟着模仿。殊不知，这其实并不是大师语言，而是翻译的语言，或者也可以说，大

师之所以这样写，是因为他植根于英文结构性语言的土壤和根基。我们向大师学习他的写作技巧，即使原著的精华被去掉四分之三，剩下四分之一，该学的也都可以学，但是如果一个写作者，学习的是他的文字风格，却对翻译体没有一个准确的认识，误以为超级能拽长句子，就是大师范儿了，那就糟糕了。几年前和一个朋友聊到读小说，她对我说她读不下去翻译小说，除了那些拗口的人名和地名难记外，最主要的原因是对翻译小说有阅读障碍。

说者无意，听者有心，谈话结束后，我认真思考了朋友的话。人类在大脑思维时会有形象思维和语言思维，如果用语言思维，那么绝大多数中国人都会用他们平常最熟悉的语言去思考，河南人思考问题时候满脑子河南话，广东人思考问题最方便的是用粤语。随着普通话的普及，大家在阅读文本时，可能会用普通话思维，可至少都是纯正的汉语，短句子，表达灵活，不那么讲究语法结构。但是翻译腔则不然，它既不是乡音，也不是普通话，而是一种我们在日常生活中根本不会使用的语言体系，它要求读者经过特别的翻译作品阅读训练，有大量阅读翻译作品的经验，才会熟稔掌握这种和我们日常口语完全不同，充满长句子、倒装句等等的语言体系。于是这就注定了它将失去广泛的读者基础。就像我的朋友，她是学戏剧文学出身，对

中国文化比较熟悉，因为从小读翻译作品比较少，她是没有形成翻译体的语言思维体系的，所以很多东西对她来讲就有阅读障碍。读起来老得停下来翻译成中文，就自然是很疙疙瘩瘩的觉得隔膜。

坦率地讲，我自己在最开始写东西的时候也特别爱拽翻译腔，我不知道别人是为什么，反正就我自己来说，确实是因为觉得这样写作特别有范儿，因为还真的是只有读过很多大师翻译作品的人，才能够把这种翻译腔运用得惟妙惟肖。但现在我却觉得，自己当初喜欢拽翻译腔的根本原因，是因为中文底子不好、英文也没学好的缘故。真正精通英文和中文的人反倒不会出现这种情况，比如张爱玲和钱锺书，他们都精通英文，但是当他们写小说时，都是地地道道的中文写作。我也是在毕业了几年，又写了几年之后，才重新反省自己，下决心要用中文写作的，也是在那个时候，我真正明白了英文的建筑美和中文的灵动洒脱。自从我抛弃翻译腔，改用中文写作以后，我觉得写作这件事让我更开心了。因为我从前只是使用中文，现在则渐渐爱上中文，爱中文如中文所是，知道它的伟大，写起东西来，觉得底气足了，不再像从前那样拿腔作态，因此写作带给我的幸福感也更多了。相信自己母语的魅力，也是一种文化上的自信吧。我就是敢用最朴素的大白话写作，不怕让人看得懂。这种自信也是了不起的中文给的。

| 只有孤独从不退场 |

2005 年，在我即将离开杭州之前，我开始读麦卡勒斯，那是一个阳光明媚的下午，我在书店里随意翻开一本《心是孤独的猎手》，跳过所有封面上诸如“二十世纪百佳英文小说十七位”这样的宣传字眼，直接翻到了开头。“镇上有两个哑巴，他们总是在一起。”她这样写道。两分钟后，我决定买下这本书，当时我完全不知道这个作者是谁，但这是个伟大的开头。

《心是孤独的猎手》是一本像洞一样的小说，看似清晰可见，走进去后才发现深不见底，五六个人物，若干种生活，人们缄口不语，把心思埋在心里，却都有着相同的苦闷与孤独。作为一个写小说的人，想到麦卡勒斯 23 岁就写出这样的小说，难免让人有些绝望，但是有些东西是文字意气以外的东西，我合

上书，久久地凝视着封面上麦卡勒斯那张娃娃脸上那双大得有些比例失调的眼睛，这是一个身患残疾的又瘦又高的女人，一个双性恋者，一个强悍的掠夺者，一个把自己的生活搞得一团糟的女人，她所有的故事，描写的都是一个主题，“你将永远孤独”。

镇上有两个哑巴，他们总是在一起，有一天，两个哑巴中的一个离开了，剩下的一个哑巴来到人群中，人们立刻将他包围，他的沉默别具魅力，让人们敞开心扉，纷纷向他倾诉心事，仿佛为自己的孤独找到一个出口，遇到了懂自己的人。但是，这个像“上帝”一样的哑巴其实从来没有真的听懂他们的话，他有属于自己的孤独心事，所谓心意相通，都只是那些不断跟他说话的人的一厢情愿而已。哑巴同样也活在误会之中，依赖着自己内心的固执而生存，坚定地相信那个离开了的伙伴是他在这个世界上唯一的知音。在整个的故事中，只有一个人是不孤独的，也因此在精神上并不需要依赖任何其他人活着，那就是那个被捉走了的哑巴，但他除了是个疯子以外，还是一个任性的窃贼。直到有一天，离开的哑巴突然死掉了，随之而来的，是一切都开始分崩离析，世界在下沉，下沉，前方只剩下一片永无止境的黑夜。

若是在从前读这样的一个故事，我也许会哭，但是现在的我只是放下书，到厨房给自己倒一杯水喝，因为我知道这个故

事里的任何一个人的孤独都与我无关，就像我的孤独与任何故事都无关一样，虽然我们何其相似，我们的内心都会对这个世界仍抱有一丝幻想，但其实我们的内心深处都清楚，他人即地狱，所有人和人之间的心意相通，都只是一场误会。

真的只有这样孤独地活下去吗？难道忍耐是唯一可以做的事？我想到这只是麦卡勒斯在23岁时写的书，也许后来她找到了解决的办法，于是又去找来了她的《婚礼的成员》和《伤心咖啡馆之歌》。然而麦卡勒斯自己也没有找到出路，在她后来写的书里，孤独的人更孤独，她没有在这个世界找到出口。《婚礼的成员》是一种成长的孤独，《伤心咖啡馆之歌》是爱情的孤独，所不同的是，等我从《心是孤独的猎手》读到《伤心咖啡馆之歌》的时候，所看到的麦卡勒斯已经没有绝望，只有决绝。

世界上本没有谁来帮助你走出孤独，哪怕那貌似神的使者的人，此生也只出现一次，那就是《心是孤独的猎手》中的辛格先生，那个优雅的哑巴，他出现在麦卡勒斯23岁那年的故事里，在她后来的故事中再也没出现过，在《心是孤独的猎手》中，辛格先生还会给向他倾诉的人一个和善的微笑，在《婚礼的成员》中，麦卡勒斯不仅仅连一个只是假象的朋友都没有给过那个12岁的小女孩，她甚至还带走了虽不能理解麦淇，但至少能给她一点陪伴的黑人保姆和表弟。于是麦淇只能将自己

的希望寄托于一场婚礼，这虽然有些孩子气的想当然，却也是一种无奈。当她终于来到婚礼时，她发现这里和她生活的地方并没有什么两样，人们冷漠，疏离，彼此之间漠不关心，一切那么庸俗不堪，她想象中的那个美好世界根本不在这里，也不在任何地方,她不可能在这里遇到真正听她说话的“辛格先生”，她的孤独与任何人无关，这个世界对她的存在也毫不在意。

如果说孩子还可以寄希望于未来去，那么成年人如想消解这生命中不可承受之孤独，大概只能将希望寄予爱情了。这就是时隔四年之后的《伤心咖啡馆之歌》，对于那些灵魂深处总有着巨大的孤独的人来说，爱情往往会成为一个人而不是两个人的事情，因为它是一个人借以逃脱孤独的希望，所以爱一个人，远比被人爱要重要得多，在《伤心咖啡馆之歌》中，马文爱上爱米莉亚小姐，爱米莉亚小姐爱上那个叫雷蒙的罗锅，雷蒙却爱上了马文，三个完全不相同的人，三个同样被孤独诅咒了的灵魂，三场注定没有好下场的爱情，他们的爱情都是那样炽烈，却都与被爱者无关，得不到一丝一毫的回应，形成了一场怪异的轮回。虽然爱米莉亚小姐最终令人同情，但读者却无法因此憎恨马文和雷蒙，因为在这生命巨大的空洞面前，所有人都是平等的。没有上帝，没有救赎，只有孤独的人和破碎的心。伤心咖啡馆，它是孤独旅人的最后一站，马文和雷蒙走的时候，这两个男人将爱米莉亚小姐的一切都烧毁了，他们一个

深深地爱过爱米莉亚小姐，一个被爱米莉亚小姐深深地爱过，但是到最后，他们却都对她有着深深的恨，恨到不留一点希望给她。这是麦卡勒斯式的决绝，若你真想要在她的小说里寻找医治孤独的良方，从孤独中解脱答案，那么这就是麦卡勒斯最后的答案：

> 到第四年，爱米莉亚小姐从奇霍请来木匠，让他把门窗都钉上了板，从那时起，她就一直待在紧闭的房间里。

麦卡勒斯一生作品不多，但是每一部都是在书写孤独，我从不曾为她的作品伤感，反而每次读她，都会觉得心安。在我所遇到的作家中，还没有人能像麦卡勒斯一样把孤独描写得这样迷人。和小儿女情怀的自怨自艾不同，麦卡勒斯的孤独是巨大的，直指生命的本质，正因为这孤独太巨大，反倒让人更加坦然，仿佛是再渺小的灵魂，一旦拥有了这样巨大的孤独，人也会变得强大起来，这强大和孤独本身一样是无法超越、不可战胜的。如果你还因为孤独感到忐忑不安、忧伤不已的话，那么，这只能说明你还不够孤独。这才是麦卡勒斯式孤独的真正魅力之所在。

谁能画出孤独的样子？那些我深爱的孤独的家伙，他们的光芒仿佛这世上明亮的星光照耀着夜空。孤独原来总是有着不

同种的颜色，梵高的孤独是流光四溢的灿烂星空，马尔克斯的孤独瑰丽壮美。海明威的孤独是硬壳式的孤独，而麦卡勒斯的孤独却是木质的，她最接近我灵魂深处的孤独，早已随着我的年华老去长成了一棵参天大树，笔直地冲向天空，向着那虚无生长，什么也无法将它阻挡，直到有一天，当我们和死亡相逢。它使我强大，但它和任何人无关。它就深深地扎根在我的生命中，永远不会退场。

| 剧中人散之时，愿望永在 |

——《只愿你曾被这世界温柔相待》序

2006 年我来到北京，除了一直在这个陌生的城市找工作，还带着这部关于电影的书稿，当时它不是现在这个长长的名字，而是书中的另一篇文章的题目。朋友给我介绍了一个政府机关直属的出版社，我带着书稿去拜访，至今还记得当时的场景，在空空荡荡的办公室里，出版社的社长是一个马上要退休的秃顶的白胖老头，他的身体陷在领导们常坐的黑皮沙发里。我把打印好的书稿递给他，内心对封面那个大大的题目——《爱已做完，珍重再见》十分忐忑，老头不动声色地接过来看了看，笑眯眯地对我说了些鼓励的话。那天的阳光灿烂，知了在我耳边叫。我当然被拒绝了，于是回来继续看电影继续写，就这样有了今天这本书，它如今改了名字，就像我也已经不再是从前

的我一样。

看一部电影，然后写下点什么，这个习惯这么多年一直保持了下来。那时候没有豆瓣，也没有微博，写的东西也没什么人看，不发表报纸杂志，也没有出书成册的希望。所以我其实并不知道自己为什么要做这个事，也许是因为从小就太孤单的缘故，习惯了自己跟自己玩，看电影如是，写作亦如是。1990年的夏天，我在暑期的美术班学画，有一天，我邀请班上刚认识的朋友到我家做客，回到家，话还没说上两句，就接到北京来的电话。打电话的人是我哥哥的朋友，他先问我家里大人在不在，然后让我转告家里的大人，我父亲前天晚上入院，现在已经确诊是脑出血半身不遂。其实当时我并不知道这个病是什么意思，大概是他严肃的语气吓到我，我想我的爸爸可能要死了，于是放下电话就哭了起来，朋友看了不知所措，赶紧跟我告别，临走时还借走了我的两本杂志，后来一直也没还。那一年暑假的后半部分我是在北京的医院里度过的，开学回到学校，我跟我最要好的几个朋友说我爸爸病了，朋友们随便哦了一下，不知道为什么，反倒嘲笑了我几句，就接着嘻嘻哈哈地去玩了，我在操场上使劲地仰着头，朝着阳光站了一会儿，把眼泪硬生生地憋了回去。心里暗暗发誓从此再也不和别人提这个事儿，也绝不会在别人面前为此掉一滴眼泪，这些后来我都做到了。

在这样的年纪生逢这样的变故，真的是很多事都想不通，

想不明白，也不知道要跟谁去说，怎么说。我的内心里有许多痛苦，许多的为什么和不知所措，但也就这样一天天地长大了，大人们无暇顾及你的情绪，朋友们也无法真正理解你的感受，唯一的慰藉就是读书看电影。一个人要如何看待死亡和疾病，看待生命，看待生活，如何去应对痛苦，忍受孤独，看待性与爱，看待女人和男人，这些我都是从看电影中东一点西一点自学来的。因此在出版这本书的时候，我和编辑商量，希望它不要被定义为一本影评集，它其实是一本随笔集，因为它说的并不是电影，不是这个导演手法如何，演员技巧如何，镜头的运用如何，3D 效果如何。而是生活，只是生活。

在电影院里做一个简单的看电影的人，这是当年一个孤单的孩子，在她小小的生命里遇到的最好的一件事，后来也一直都是。即使生活很多时候让我感到绝望，电影里的很多故事让我感到更绝望，但是有时候在别人的故事里哭过，笑过，死过又活过来，却总是让我再次鼓足勇气从黑暗中走出来，再往前走一走，继续地去试着活一下。顾城说：“这就是生命的愿望和生活的绝望。它们是无关的，无论生活多么绝望，也无损生命的愿望；愿望永在，超越一切苦难之上。所以我觉得，艺术重要的不在于述说生活的黑暗，而在于述说生命的美丽。”

我想对于我来说，这才是电影存在的意义——剧终人散之时，让愿望永在。这本书，记录的是生活的绝望和生命的愿望，

记录了那些对我影响深刻的电影是如何让我在生活的黑暗之中看到了生命的美丽。我衷心地希望你在读完此书之后，也如我一样看得到。

| 不曾在长夜痛哭过的女神，不足以抚慰苍生 |

2006 年在杭州，读一本关于文学理论的书，然后顺藤摸瓜地知道了卡伦 · 霍尼这个人，后来在书店看到的时候，就毫不犹豫地将她的三本书一起买了下来，回家以后读的第一本是《自我分析》（*Self Analysis*），在那之后整整隔了两年，才读她的第二本书《我们时代的神经症人格》（*The Neurotic Personality of Our Time*），不是因为不好看或者自己太懒的缘故，而是因为当时她的书国内一共就能找到三本，读一本就少一本，实在是舍不得一下子都看掉的缘故。我不做学问，读的学术书籍不多，但是零零散散，杂七杂八也有一些，很多学者令我充满敬意，但是看过了之后，很多也只是充满尊敬地忘了。唯独有两个人是我心中的大爱，一个是身为学者，却充满了诗人气息的

列维–施特劳斯，另一个就是卡伦·霍尼。我清楚地记得有个异常寒冷的南方的冬夜，我披着棉袄，缩手缩脚地躲在棉被里读着卡伦·霍尼，因为一些个人的原因，当时我的情绪十分低落，我的心和那冰冷的冬夜一样冷，如何也暖不过来，在我读完《自我分析》那句被她引用的《浮士德》的名句后，我合上书本，眼泪忍不住掉了下来。

我从来未曾试过读一本学术论著读到落泪，在卡伦·霍尼之后，也不曾有第二个人令我如此，后来我在网上说起此事，才发现这个世界上不止我一个人读她的作品哭过。因为这虽然是一本学术作品，但是我们都曾经在这本书里，读到爱与理解，霍尼没有使用过任何文学描写的煽情语句，我却依然可以被她的慈悲抚慰，她放自己底到无，只是伸出手，平静地引领着我走出茫茫的黑夜。让我勇敢地面对我自己，学会去懂得体谅他人，拾起温柔，放下敌意，让我觉得，在有生之年达到光明之境，也许并不是一种奢望。最近三五年来，心理学成了中国最火的一门学科，一瞬间心理诊所雨后春笋一样冒了出来，各种媒体、社交平台上心理学的相关文章铺天盖地，心理医生成了新偶像和新权威，渐渐地这个池子大了起来，水也深了起来，各色人等均有。我庆幸我在十年前就阅读了卡伦·霍尼，这是我心中真正的心理学女神，没有之一。虽然现在的心理学著作

众多，我仍然认为卡伦·霍尼的作品是每个现代女性都应该阅读的，尽管她后期的研究从专注女性心理学转而投向了人类内心的焦虑人格和冲突的影响，但是她仍然是这个世界上至今为止，最懂女人的心理学者，没有之一。

卡伦·霍尼不是一个完美的女性，她的人生甚至是充满缺憾和令后人诟病的故事。但也许正是因为这些，让她体会到了身为一个女人的痛苦，也让她更加有悟性，有天分。她打小就是一个丑女孩，父亲比母亲大 19 岁，有四个同父异母的兄妹和一个亲哥哥，在这个大家庭里，霍尼没有因为是最小的女孩成为公主，反倒因为母亲对兄长的偏爱而从小饱受心灵的创伤，父亲是个远洋轮船船长，一个严厉的清教徒，平素沉默寡言，仅仅是给霍尼的温暖很少也就算了，还毫不掩饰地看不起霍尼，认为她外貌丑陋，天资愚笨。生长在这样无人疼爱的环境中，霍尼九岁的时候就下定决心："如果我不漂亮，我将使我更聪明。"好在母亲还是当时的一个观念前卫的新女性，她支持女儿上高中，不惜为此反抗丈夫的权威，这大大加深了这对年龄悬殊的夫妻之间的裂痕。在霍尼高中时期，霍尼的父母离婚，这对正值青春期的霍尼来说，又是一个沉重的打击。19 岁的霍尼就是在这样的心理阴影下遇到了她的第一任丈夫奥斯卡·霍尼，当时奥斯卡已婚，两个人不顾一切走到了一起，可是这段婚姻不仅没有带给霍尼幸福，反倒让霍尼深受抑郁症和

性问题的困扰，于是她开始接受弗洛伊德嫡传弟子卡尔·亚伯拉罕的精神分析，由此打开了她伟大的心理学家和精神病学家的征途。

比起她的祖师爷弗洛伊德来说，霍尼作为一个心理学者的形象，实在太不完美了，她自身的人格并不健全，内心有很严重的童年阴影，做过第三者，离过婚，有三个孩子，抑郁症发作时，曾经把小木船划到湖中央企图自杀。而另一方面，她又是一个天生的逆子，有着坚不可摧的斗志和令人震惊的勇气，在一百多年前，女孩子想要念书已经不容易，但是她不顾众人反对，坚持读完医学学位。当时心理学是一门刚刚兴起的学科，弗洛伊德学派一统江湖，卡伦·霍尼胆大包天，在进行了研究之后发现我们女人并不像祖师爷所断言的那样对男人有着阴茎崇拜情结，开始的时候她还试图从内部修正这种对女性心理的评判。到最后，她干脆发表了很多论文，直接公开挑战弗洛伊德的权威性。作为当时心理学界为数不多的女性和学术界小字辈，以及弗洛伊德教派的门人，她当时孤军奋战的勇气，让我佩服不已。

苏格兰作家托马斯·卡莱尔（Thomas Carlyle）曾经说："不曾在长夜痛哭过的人，不足以谈人生。"年少轻狂过，犯过错，自卑过，心碎过，挣扎过，被人伤害，也伤害过别人，怀疑过人生，在鬼门关徘徊过，一次次地试图放弃，最后又一次次地

战胜自己，也许正因为卡伦·霍尼自己也有着一颗残破的灵魂，所以她才会重新思考心理医生和病患的关系，她对病患是真正有一颗平等心和包容心的，这使她和当时弗洛伊德体系的心理医师大不相同，后者代表着的是精神和人格都完美的权威性专家的意见，他们高高在上，研究病人都像研究一只只小白鼠一样。而卡伦·霍尼则主张医患之间是一种平等的互相陪伴的关系，她主张教授患者心理学知识，以帮助患者能够自我审视以及疗愈，这在今天已经不是什么新鲜的理论。现代的心理学医生不仅对待病人更慈悲也更包容，心理医生之间也会定期互诊，医生本身不再是高高在上的神，而是和病患一样平等的人。但是在将近一百年前，卡伦·霍尼主张的却是撼动了心理学泰斗权威的大逆不道的事。1941 年，纽约精神分析研究所剥夺了她的讲师资格。随后，霍尼创建了美国精神分析研究所并亲任所长，直至 1952 年去世。她的研究影响了很多人，一直到今天，都温暖和抚慰着那些长夜里孤独徘徊着的灵魂。

因为真正懂得，所以真正慈悲，读霍尼的书，你会发现，我们现代人内心的焦灼和纠结和多少个世纪前的人们的内心并无二致，她是死过的人，又活过来，才能够放下那些名利的角逐，对不完美甚至也不那么可爱的我们如此温柔相待。对于很多霍尼的读者来说，她不仅仅是学者，也是终身的挚友。也许这也正是她想要的吧。

| 生活中的隐性虐待狂 |

在卡伦·霍尼的《我们内心的冲突》(*Our Inner Conflicts*)一书中，有一章讲的是人性中的虐待狂趋势，霍尼在这里提到的虐待狂趋势，主要是指精神上而并非是肉体上的虐待，从理论上来说，这种惯于向他人施暴的人，已经属于比较严重的神经症病患。看完霍尼的解读后，让我联想到现实生活中人与人之间的相爱相杀，以及现在让大家都很无奈的网络暴力，于是闲抄几段，逐一点评一下。这些人也许是你自己，也许是你身边的人，或者你在网上遇到过的陌生人，很多人都没有意识到这其实属于一种精神虐待的行为，也许我们可以说，人类正常的行为和病态的行为之间，只有一线之隔。

1. “虐待趋势的一个典型特征，不是吝啬小气，而是虽然无意识但却非常主动活跃的冲动——挫败他人，粉碎别人的快乐，使别人失望和扫兴。受虐的一方的任何满足或兴奋都会激起施虐者的恼怒不快，他会以某种办法挫败或者瓦解受虐者的快乐。

点评：那些在网上不断地挑衅攻击别人的人，他们选择攻击的目标时，并非一定是权威或者对他们造成伤害的人，有时候即使是一个普通人，在自己的文章或者微博上表达自己的生活观念和晒一下幸福，也会引起这些人的怨恨。他们不会屏蔽对方的朋友圈或者取消对对方的关注，而是要对对方展开攻击。我也曾遇到过这样的一些人，他们并不喜欢你，但仍然持续地关注你，时不时会语气嘲讽地故意说一些话来激怒你。网络给很多这样有虐待狂趋势的人提供了很好的发泄场所，特别是一些名人博客，如果他们经常和大家分享自己的快乐，就会更加激起这样一些人的不满。相对于挫败那些普通人的快乐来说，想到能够挫败和恶心到一个公众人物，就会给他们带来更大的快感。围观的人越多，这种满足感就越大。

2. 还有一种倾向与上述虐待表现具有同样的意义，那便是患者处处想轻视和侮辱他人。他特别热衷于找别人的

毛病，发现别人的弱点并津津乐道这些弱点。他从直觉上就知道别人的敏感处和薄弱点。他倾向于运用直觉无情地贬斥和苛责别人。他可能把自己这种行径合理化为坦率诚恳，意在助人……假如他因为自己的言行使别人不安，他马上会留意到别人的反应，甚至鄙视别人的这种情绪波动。假如受威胁的一方对他不太坦率，他会严厉斥责别人的保守秘密和撒谎。

点评：曾经看到过的一个段子，说是有一位三十多岁的单身的姑娘，人长得不错，工作收入也不错。一天，小明问她："你条件这么好，怎么还没结婚啊？" 姑娘回答："我小时候田径队的，一次受伤，脚底留了一疤。"小明问："脚底有一疤，跟你有没有结婚有什么关系呢？" 姑娘答："对啊！那我结不结婚跟你有什么关系呢？！"

其实这种事在日常生活中时有发生，小明这样的人也很常见。这是一种非常微妙的攻击方式和施虐手法，有些攻击倾向是攻击人假借一些借口和掩饰，比如以"关心你"和"为你好"等名义展开的攻击。但是连施虐者自己都可能没有意识到自己内心的恨意以及攻击他人的欲望，或者虽然知道，但依然坚称自己只是出于关心提出一个问题。被提问的姑娘之所以感到非常不快，亦未必是真的因为被戳到了痛处，而是也同样敏锐地

察觉到了这种施虐者的敌意。并且感到对方在留意和观察自己的反应，他们在潜意识里希望看到自己的言行使别人不安，因此展开了反击。

正常的人和人之间的互相关心，要建立在彼此之间有某种社会关系，已经达到了某种信任和默契的基础上，基于这样的关系，人和人之间彼此谈论对方的私生活，才不会显得缺乏礼貌和行为唐突。而小明为什么会毫不顾忌姑娘是否信任自己，强行展开关于对方私人生活的讨论呢？卡伦 · 霍尼一语道破了这样一种行为的潜在动机：小明通过直觉，认为自己发现了姑娘的“弱点”，并很乐于向她指出这些“弱点”，他是在利用当下对未婚大龄女性普遍轻视和贬低的社会价值观，去挫败这位姑娘的幸福感，以便轻视和侮辱这位姑娘，并使这位姑娘自我轻视，以满足自己的优越感。如果这位姑娘表现出情绪波动，他们便可以鄙视对方，并且从中获得极大的满足。

3. 当施虐者的这些趋势受阻受挫，或局面倒转过来的时候，他又会觉得自己是在受压，受利用，被蔑视，从而怒不可遏地发作出来。在他的想象中，无论怎么报复得罪了他的人，都不解恨。他恨不得又踢又打，将对方碎尸万段。

点评：霍尼的这一段话，可以解释另一个我们常遇到的现

象，比如你在网络上发表了一篇博客，一个陌生人对你出言不逊，可是当你予以还击时，对方却会勃然大怒，好像自己受到了天大的委屈，却完全忘记了是自己首先攻击他人的事实。这样的读者在一些知名博主那里尤其多见，人们成群结队地去某个大V的微博下谩骂，但假如这位被鞭挞的博主进行反击，意图挫败他们试图施虐的趋势，他们便会更加怒不可遏，认为对方是在利用话语权优势欺压自己。即便是对那些态度很温和的博主，也一样如此，只要这些被攻击的博主稍微表示出一些不满，使施虐者的意图受阻受挫，便会激起施虐者极大的愤怒。施虐者潜意识里认定了这些人是有义务去接受自己的所谓“批评”的。而被施虐的一方，由于身份、形象等掣肘的因素，不便于进行反击这一点，对于施虐者来说也是一种安全保护，可能他们在生活中攻击他人受到打击的危险性很大，所以才在网上选择更好的打击对象。这些人并没有意识到他们自己内心的攻击性和虐待狂倾向。因此当被对方察觉并予以还击的时候，他们是发自内心地觉得无辜与愤怒。

4. 我们可以认识到，只有感到自己生活无用又无意义的人，才会发生明显的虐待狂倾向，生活带有意义的任何可能性几乎都谈不上了。在这种状态下，如果一个人找不到妥协的退路，必然会变得忌恨一切。他感到自己永远受

排斥，永远打败仗。由此，他开始憎恨生活，憎恨生活中一切积极正面的东西。但他对生活的恨又带有一种燃烧的嫉妒。他不能原谅“他们”那种幸福。他必须把他人的快乐踩在脚下。在虐待狂身上表现出的挫败和破坏他人情致的这种倾向，通常是深藏于无意识之中的。但其目的就是，让别人来分担自己的不幸。如果别人像他一样被击败并从而堕落下去，他便感觉好多了。因为他不再觉得自己是一个人在受罪。

点评：我相信霍尼所描述的人，已经是病理上比较严重的精神症患者。现实生活中的人未必会严重到如此程度，但是这种隐形虐待趋势，人际关系中微妙的隐性攻击，据我个人的观察，他们未必是生活中的不成功者，有些人甚至比别人更富足，更安定，但是出于某些原因，他们就是对自己的生活无法满意。有时候这是心理问题，和有车有房无关，令他痛苦的，是他无法感受到生命的快乐，因此他憎恨他人的快乐。所以即便对方是一个与他完全无关的人，哪怕对方毫无攻击性，和自己没有丝毫的过节，只要是对方表现出了幸福快乐的样子，就是对这些人的冒犯。他们无法忍受你的快乐。即使你实际的生活可能过得并不比他们好，哪怕你表现出安贫乐道的样子，这种平静的幸福，也是对他们的冒犯。因此从某种角度来说，你怎么都

会冒犯这些人，如果你愤而退出网络世界，他们会很快将你忘记，继续去寻找其他让他们觉得冒犯的人来代替你。因此你并不重要，他们实际上需要的是一个靶子。

最后需要特别一提的是，霍尼在整本书中，都没有对任何人进行道德批判,她只是分析了这些个性的形成原因及其过程。霍尼说，那些有虐待倾向的人，他们感受不到生活的幸福，病态的心理致使他们与人沟通出现问题，这阻碍了他们与他人之间正常交往，也造成了他们事业、工作上发展的障碍。所以，读完此书，我们也不做任何道德上的评判吧。也许这就是人性中的一些小恶，你了解了它是怎么形成的之后，虽然也谈不上原谅谁、怜悯谁那么伟大的地步，至少也没那么恨了，也不必烦恼和害怕了。这就是人生,这就是人性,它就是那么回事而已。

海边的卡佛

到海边旅行带了两本书，一本是卡佛的《当我们谈论爱情时我们在谈论什么》，另一本是谷川润一郎的《疯癫老人日记》，卡佛的短篇很容易读，在飞机上随随便便就翻了大半，另一半在清晨无人的海边继续看，看一两篇，就要发呆看看海，于是便想起了一个故人来。

话说那还是2002年左右，我在网易的小说版当斑竹，那时候穿越小说总裁文还没有这么流行，在网上写小说的都是一帮文青，大家对写作这种事还抱着很严肃的态度，对文学还有所追求。有一天我在论坛里看到一个叫方蛇的人写的一篇短篇小说，非常惊讶，因为在那个时候，这篇小说比我们大多数人，包括我自己在内都高级很多。于是当即推荐加精华。但是很多

版友非常不服气，因为大家都知道我推荐文章眼光很挑剔，他们却无论如何也看不出这文章有什么好来，便质问我，我还给大家解释了一通为什么我认为这篇小说是个好小说。当时我还不知道有卡佛这个人，更别说读过卡佛的小说，只觉得这个人的风格有几分像海明威，就拿海明威来做举例说明。后来和他聊了聊，发现他压根不读海明威，还是我说了之后他才去读的，但是就这样大家也算认识了，在我的一力推荐下，他还曾经一度做过我们的客座斑竹，后来也一直在我们论坛发表小说。彼此也可以算是朋友吧，不过他生性凉薄，我也半斤八两，所以两个人始终也没有更多的交集了。

后来有一天，方蛇跑去沈阳的一家文化杂志当编辑，便找我约稿，就是后来那篇很多人因此知道我的写格里高利·派克的文章，文章如期刊登了，五千字的稿费却迟迟没有给我，随后他又约我写昆汀·塔伦蒂诺的稿子，也是五千字，然后这一万字的稿费都一并欠了。我催过他一两次，最后一次，他说他的工资都开不出来了，连手机丢了也没钱买，我也就没好意思再催。我后来当然也没再给这家杂志写稿子了。他反倒因为是杂志的编辑，又拖欠稿费没办法找作者约稿，只好自己一篇篇的文章写给杂志去填大坑。稿费后来当然是没发，他的工资也拖欠着，又和领导吵了架，就走了。后来又从别的人那里听说他从前在某电视台，也是脾气太倔，和领导吵架走的，不过

都是道听途说，就不知道是不是真的了。

几年之后，我们都辗转到了北京，有一天他在 MSN 上和我打招呼，闲聊几句，才知道他在国贸上班，离我们公司只有十分钟的脚程，但是我们彼此都没有约来见面的意思，他又说要约我写稿子，这次我吸取了教训，问了问他所在的杂志，估摸着又是个开不出稿费的，就没再接。没过几天，他突然问我，可不可以给他从前的女朋友介绍个工作。可惜的是，我自己当时也是刚到北京，能力有限，最终也没有帮上他什么忙。我还依稀记得他那个女朋友，好像是小小年纪就和他在一起，谈了很久的恋爱，最后嫁了别人。所以知道他还要帮她找工作，便有些吃惊，他是这样为自己都难以启齿开口去求人的人，可见是很爱这个女孩子。虽是这样想，也并没有多问他什么。那时候我自己也做了编辑，知道身为一个编辑来说，虽然有杂志的问题，但是他自身也是有些问题的，比如为什么要去那些不靠谱的杂志呢？为什么在不确定可以给作者发稿费的情况下，把朋友搭进去写稿子？我当然也知道他并不是故意的，其他的几个朋友也因为他的约稿，被杂志拖欠了稿费，但是并没有谁真的去责怪他。他曾试图跟我们解释清楚，可是他说话的方式和他写小说也是差不多的，话很少，有的没的，说了等于没说一样。再后来，大家就失去了联系，不知道他跑到哪里去了。我们始终也没有见上一面，好像始终都不觉得有这个必要，他的

照片倒是看到过一次，有些出乎意料，原来以为是高高瘦瘦很阴郁的一人，却完全长得不像他的文字，脸是方方正正的，老实憨厚的面貌，但也只这点印象，其他的就完全记不得了。

卡佛这本书的译者小二在《当我们谈论爱情时我们在谈论什么》的译后记说："在很多情况下，人物之间的沟通存在缺陷，对话经常是无头绪的，他们听不清或不愿意听对方的话。这部小说集里几乎每篇小说里的人物都在沟通和表达上力不从心。"方蛇的小说，其实更像卡佛而不是海明威，而且他不仅仅是小说像，连人也很像。才明白，卡佛大概也不是故意要把小说写成那样的，他并非有意要表现那种人和人交往的力不从心，而是他面对这个世界，本来就是力不从心。现在大家一谈论起卡佛的小说，总是会谈论一下卡佛这个人，有人说他的一生因为早婚，没有上大学，所以一直生活在底层，终身郁郁不得志。但其实仔细想一下，美国这个地方从底层奋斗起来，早婚，没上过大学，而最后发家致富，过得风生水起的成功案例比比皆是。因此造成卡佛的前半生一直郁郁不得志的原因，不能都归结为客观，他大概和我这位朋友一样，注定是在社会上立足艰难的那种个性，在世俗生活方面，实在是欠缺天分和才能，但却是天生的作家。我曾看到过有些作者去模仿卡佛的极简主义，但都难免做作，至今为止，我没有看到过比我这位朋友的作品更像卡佛的风格的，有趣的是，当年他甚至连卡佛是谁都不知道。

回到北京，我在网上搜了搜这位朋友的名字，唯一搜到的还是当年我给清韵编网刊的时候收入的一篇《去托县》，十几年后再翻出来看一遍，还是觉得甚好，甚至比当初看的时候觉得更好了。回头再联想到卡佛这样的人，要是真的在现实生活中遇到，也一样未必会和他成为多么要好的朋友，但这并不妨碍我喜欢他的小说，所以什么欠我稿费的事，都是次要的，比起一篇好小说来说，那几个钱又算得了什么呢？我只希望他能有一个安身之处，还在写小说。我还是很想再看看他写的小说的。

麦田里的西西弗

——《我们心中的怕和爱》序

十年前开始写作的时候，一心想成为一个大作家，认为写作嘛，除了小说诗歌，杂文散文，其他的文学形式简直都是上不了台面的东西。没想到的是，多年后，我的小说还在路上，倒是和读者往来的书信先结集出版了。犹记得当初开始给读者写回信的时候，身边的朋友都揶揄我是“知心姐姐”，其实特别不爽这个词儿，因为总感觉是一副管别人的家长里短闲事的婆妈的形象，和我的大作家的理想相去甚远。但是渐渐写起来，就改变了想法，觉得假如一个人读了点儿书，谈了点儿恋爱，在经过此生的路上，稍微懂得了点儿道理，还能写点儿文字，那么这些都是生不带来死不带去的经验，你死了，它就跟你一起死了，所以舍不得也没意思，不如就把这些说出来，传给别人，

如果对他人有用，这个事儿也不错。至于方式，是小说，还是诗歌……其实倒也无所谓。

日本的文学评论家内田树曾说，这个世界上有两种人，当面对很讨厌、很棘手、谁也不愿意去做的事情的时候，人们的反应通常有两种，一种人总是会想，反正总会有人来做，所以不用我来做。而另外一种人则觉得，如果没有人来做，那就由我来做吧。植村树说，这后一种人就是村上春树小说里的人物，虽然世界很糟糕，个人的力量微不足道，可是如果没有守在世界尽头的哨兵，来以厘米的速度把它往回推一点，再推一点，那么它便只有彻底堕落到深渊里去了。我不是村上春树的粉丝，但看到这句话的时候，却惊讶地发现自己是村上春树作品里的人物。而就连这也不是我自己选择的，只是写着写着，就变成这样了，就像日子过着过着，就变成了这样。于是有一天，我跋山涉水，历尽磨难地走啊走，突然发现我站在悬崖边上，我的左手边是一片金黄的麦田，右手边是一望无际的大海，我不想就此结束我的生命，打悬崖上跳下去，但也不想回到原来的世界，于是就选择了待在那里，有小孩子跑过来，就拦住他们，把他们送回到安全的世界里去，也谈不上多高尚吧，只是既然你都已经戳在那里，总不能就这么眼睁睁地看他们掉下去而已……这种事儿说白了，就是闲着也是无聊，其实真没什么好说的！

很多人喜欢塞林格的《麦田里的守望者》，并以此自拟，而在我看来，塞林格的少年连同塞林格本人一样，并没有真正地去做这个事，他只是绝尘于麦田之外地给人们提供了一种设想，如果他真的去做了，可能会觉得厌烦透顶吧，因为这样的事情，做起来可是又具体，又琐碎，根本并不美好，总是像家务活一样干也干不完。这脏兮兮的世界，无论怎样都擦不干净，本来内心存有少年的救世的干净清澄的梦想，但最后总是变成西西弗式的痛苦，于是那本书及时在青春结束之前结束，并且不可能再有第二本，因为如果你十几年后再回到悬崖边，发现那个曾经的少年还站在那里，满脸皱纹，白发苍苍，也许你不会觉得这是一个很美好的情景……

我不是麦田里的守望者，我是麦田里的西西弗，我被命运引领至此，被写作引领至此的时候已不年轻，觉得这个地方也不错，于是也就接受了这个任务。这种事微不足道，一如我微不足道的人生，并不能将这世界彻底地改变，甚至不能对写信的人给出什么更具体的帮助，但是屋子凌乱，如果不打扫，那么它脏乱的程度就会加重。有些事，如果没有人来做，就由我来做好了。麦田里的守望者也会老，最后摧毁他们的守望梦想的不是狂风暴雨，不是电闪雷鸣，内心的激荡，而是日复一日的琐碎，婆妈的生活，无聊的日出日落，大片大片的看腻了的麦田风景，以及艳阳下的空虚、质疑和对这个世界的无力感。

于是一些人回去赚钱，追名逐利，或者干脆连同自己也堕落，他们没有像年轻时候以为的那样，被大人们杀死，他们只是变得更富有，变成了他们自己曾经痛恨的大人而已，而另一些人选择留下来，他们变成了我，变成了麦田里的西西弗，西西弗永远不会老。

至于那些写信给我的朋友，我从未觉得我的一封回信就能拯救你们的人生，我读信，我回信，我只是做了命运安排我应该做的事，并且时刻记得，每一个给我写信的你，每一个我选择回信的你，每一个读我们回信的你，我们都不是随便的一个人遇到另一个人，我们都是经过跋山涉水，漫漫长路才找到彼此，在我们的人生长河里，这因缘际会的短暂的一瞬，那不是偶然，那是我们的选择。我把此书送给你，让它陪伴你赶路，我希望这美妙的心灵交汇刹那，它足以照亮你转身离去的前路，陪伴你走上一阵子，当火把熄灭，希望这点点的温暖还能支撑你继续前行，直到找到新的拿火把的人。至于我，我也许还站在这里，但是请不必挂念，也不必回头，请将我遗忘，只将那刹那的拥抱留在心间吧。

我们为什么要读小说

截至 2014 年，我已经出了三本书，第一本是回信集，第二本是电影随笔，2014 年出版的第三本书是一本小说。书出版后，一些读者给我留言，说他们已经多年不读小说，因为早已过了读小说的那个年龄，如今读我的小说，不是出于对小说的爱好，而是因为对我前两本书的喜欢。于是问题就来了，一些读者抱怨无法理解这本小说，不像他们想要的那样温暖。他们问我，为什么书中的人物这样不完美，有缺陷，甚至是令人气愤和不喜欢的……这让我想起当年刚刚大学毕业，有一天我在午休时看《红楼梦》，一个男孩子来修电脑，我们顺便闲聊了几句，他看到我看的书，就告诉我说，他从来不看小说，因为那是没用的东西。这话让我很吃惊，我是到那个时候才知道

这个世界上还有不读小说的人。而今，我的读者也让我重新思考了这样一个问题：我们为什么要读小说？在本文里，我特别指的是，除去那些科幻、悬疑、推理、言情这种令人愉悦的类型小说，我们为什么要去读那些既不那么轻松愉悦，又很艰深，甚至人物个性不仅谈不上完美，而是缺点很多、矛盾重重的作品。人们为什么要去给自己找不痛快，阅读这样过于严肃的小说呢？我突然想到我写的这三本书，恰巧代表着阅读的三个阶段，用它来说明些问题，倒是有趣。

我很喜欢孔子的一句话："不患人之不己知，患不知人也。"意思是"我不担忧别人不了解我，我担心我不了解别人"。作为一个写作者，之所以会喜欢上写作这件事，是因为我对了解别人的兴趣，已经远远地大于让别人来了解我。但是我也知道，这世界上人人都渴望自己能够被别人理解、关心和安慰，对于去了解他人则没有太多耐心和兴趣。我的读者在看完我的小说之后对我说，他们更喜欢我写给读者的回信集，因为觉得更温暖。我完全可以理解他们的感受。可以这么说，在我的第一本回信集里，我是作为一个作者，去以读者为中心，为他们付出耐心去倾听，去解读，所以读者会很容易就能够感受到自己被关怀和被安抚；我的第二本书则是以电影，或者说电影所展现的生活为中心，由我这个作者拉着读者一起去理解；而到了现在这本小说的时候，便演变成由我这个作者单独构建出来一个

完整的、属于他人的世界，没有任何提示地放到读者面前，让读者独立去解读，这就需要读者以我在第一本书中所站的那个位置，去对书中的世界和人物，对他们的命运，付出他们自己的理解力、耐心、见识，甚至是需要他们的宽容和慈悲心去体察。结果可想而知，大多数人更在意的是“我”有没有被关心，被治愈，甚至是我在书中有没有读到什么道理，可以让我被教育。更多人关注的是我得到了什么，当书里的人物和自己是那么不同时，很多读者都懒得去付出耐心理解书里人物的种种。由此可见，我们大多数人更患“人之不己知”，很少有人会忧患自己“不知人”。对于他者的世界，更多人会直接下结论，贴标签甚至做出批判，这其实是大多数人看世界的方式方法，不仅仅在阅读小说这一件事上。

在《一代宗师》的3D版中，赵本山最后说了一句话：是非，荣辱，成败，最后都是一个字——“我”。可是，如果一个人的眼中真的只能看到“我”，而看不到他人和世界的话，他要如何能够懂得别人以及这个世界呢。不去理解这个世界，又如何能够懂得“我”在这个世界中的位置在哪里，“我”和他人之间的关系是如何，又如何真正地了解“我”呢？

曾经有读者问过我，要如何了解真正的自我。我说以我个人的经验，可以分三步训练自己：一，远离自我，忘记自我。二，关注他人，理解他人。三，像理解他人那样去理解自我。在这

个过程中，我始终认为阅读文学作品是一种很好的训练。我这里指的不是那些通俗小说，通俗小说的目的大多是为了给读者讲一个故事，无论是侦探，言情，还是恐怖小说等等，它们的目的是明确的，无论是哭是笑，都是达到娱乐读者的目的，并不逼读者去理解和思考，这样的作品很亲切，不会给读者出难题，也不会让读者难堪。但是文学作品却往往不是这样，特别是那些人物性格层次复杂，人性变化多端的小说更是如此。这也是那些伟大的文学作品，之所以能够经久不衰的重要原因之一——因为这世界始终有人需要它们的存在。我还记得我第一次读福楼拜的《包法利夫人》时，那时候我只有十四五岁，我特别讨厌书里的女主角爱玛，我的内心非常气愤，我不能理解一个那么虚荣，自以为是，不贞洁的女人，为什么会成为流芳百世的经典名著中的女主角。但是当我到了 30 岁的时候重读这本书，我在读到爱玛死去的时候，我和福楼拜一样泪流满面，小说还是那本小说，爱玛还是那个爱玛，而我变了，当我年纪增长之后，我有了更多的阅历，对他人和世界的理解能力都有了增长。这就是大师作品的魅力，他们足够丰富和深刻，可以等着我们长大之后再与他们重逢，从前不懂作者的用心良苦，现在都懂了。这样的阅读体验也让我用更轻松的心态去读那些小说，不抱定见，不急于审判和批评。

有人说，文学无用，我倒不这么认为，如果它真的是无用的，

那么它早就会自然消亡了，为什么这么多人还是在读它呢。从世俗的角度来说，我始终认为阅读文学作品的一大好处，就是可以帮助人提高情商，对此很多人可能不大相信，也没有这样的耐心，想提高情商的话，为什么不去直接读卡耐基，而要花费时间，去读令人头大的托尔斯泰，读《包法利夫人》呢？况且那些经典的文学名著，有时候看上去实在是对读者并不那么友好，因为作者本人从来没有把取悦读者当做写作的目的，他们总是把一个个关于人性的思考题，打包丢到读者面前，让他们自己去分析和理解。可是你要知道，人性这种东西，其复杂程度超出我们想象呀，有时候除了光明可见的一面，也常常会有暧昧纠结不清、阴暗隐晦不明的一面，更有时代的影响，教育的灌输，这种种的作用力下，其实没有几个活生生的人的个性，会真像卡耐基的书里所罗列的那样，标签分门别类，清楚地呈现在你的眼前。你只能穿过层层迷雾，自己去搞清楚到底发生了什么，为什么这个人做出这样的决定，而那个人会有那样的行为。我始终在小说里修习着我对这个世界的理解力，这是我喜欢读小说的一个重要原因，它让我不断地学习了解人性，对这个世界始终保持着好奇心，并且越来越喜欢它。从这个角度来说，我认为我之前提到的了解自己的三个过程，通过阅读小说，都能够实现。

文学作品并不在书中传授知识，因此很多人得出了“小说

无用”的结论。但其实小说并不是用来长知识的，而是用来增长智慧的。这个世界上的智慧，也并不是只要得到知识，就可以水涨船高的。否则怎么有那么多人掌握了那么多的知识点，读过那么多书，却还是对人性一窍不通，沟通起来不可理喻，什么事情都做不成呢。除了阅读小说，我当然也会阅读一些心理学、历史、美学、社会学和人类学的理论书，但最后我总是会去读小说，我发现把我读书掌握的其他知识运用在对小说的理解上是一件特别有意思的事。小说家们不负责给我们灌输三观，也不负责给我们传授知识，但是他们提供给我们了一个个人性的经典案例，让我们自行去分析，理解，用自己的方式去寻找答案，有时候也参考别人的答案，但是没有人有标准答案，只有生活会验证你的思考是否正确，这样我们才避免了自己的大脑成为别人的跑马场。它给予我们的，并非短短几个小时的欢愉时光。

读小说的人，未必都是要当作家或者艺术家，但世界上很多高情商的人，都会阅读文学作品。从这样的角度来讨论读小说的意义，难免有些世俗和功利，然而我还是衷心希望那些伟大的文学作品，能够被更多的人发现它的价值，毕竟这些人类的瑰宝，在我们的生活中唾手可得，却这样被人忽视，不知道它们的妙处，这实在是可惜。你能从托尔斯泰、莎士比亚的世

界里得到什么？我不好说，打个比方的话，就像那个古老的美国西部故事，给你一匹马，你可以撒欢儿地跑，凡所到之处的疆土，都是你的，至于你能跑多远，那就要看你自己了。

129-216 chapter 2

礼貌性上床

了解一切，就会原谅一切。

——列夫·托尔斯泰

| 礼貌性上床 |

最近这一两年来，我发现很难交往到比较亲近的男性朋友了，身边最亲近的朋友竟然都是女人。虽然我很喜欢姑娘们，但有时也难免觉得阴阳失调，我想人长大了可能都会这样，我有男朋友时男性朋友们要避嫌，哥们有女朋友时我也要注意分寸，一来二去老朋友之间就彼此疏远了。而成人之间，新认识的男女双方，如果没有男女朋友的话，要么就是发展到床上去，要么是君子之交淡如水，点到即止，没有中间色可以过渡。也许正因为如此吧，第一次见到老张的时候，本无意要把他培养成蓝颜知己，还是当做有可能成为男女朋友的培养对象吃了两顿饭，但是没办法，实在是不来电，于是也就说清楚了，他人很好，又是堂堂 CEO 一个，不愁没女孩子喜欢，一点就透，

于是偶尔见面吃个饭，瞎聊会子，谁也不再提那种事，倒也乐得个轻松。

那段日子我刚刚失恋，比起很多失恋的神经病来说，本人还算正常坚强，但有时候绷不住了也会脆弱得一塌糊涂。比如说会在某个难以入睡的夜里抓狂到怎样也无法一个人待下去，到 MSN 上四处骚扰别人，只是希望能在黑暗中找个人陪伴。那时候正好老张在，我就问他，我想找个男人通宵看电影，只看电影，喝啤酒聊天吃零食。他说那我开车去接你吧，我说我绝不是想乱搞男女关系。他说你当我没见过女人呢？这么一来，反倒说得我小人之心了，于是收拾收拾上了他的车，到了他的家，打开啤酒，两个人开始看电影。

事实证明，这是个错误的决定。老张是个好人，但也是个男人，我不知道是不是所有的男人都认为一个女人半夜跑来和他在一个屋子里就是想和他干点啥。总之，电影还没演上半个小时，一切就都乱了套，我使出浑身解数才让身边这个男人明白我真的只想找个伴，看看电影，打发打发痛苦时光而已，半夜三更做坚贞不屈的烈女状连我自己都觉得特别累。但是他家在某单位大院里，大门紧闭也没办法抽身而退。好在他最终还是明白了，但还是很受伤害的样子，一整夜两个人都没睡好，我甚至连睡衣都没敢换，早上醒来，和他打了个招呼就落荒而逃。那真是一个令人沮丧万分的晴朗的早晨，想到从此连朋友

都没得做，我在心里暗骂了自己一千遍啊，一千遍。

好吧，一切都是我的错，男人不能这样去考验，不是故意的也不行。后来在 MSN 上碰到老张时，我试图跟他解释，结果人家说，你早说清楚不就得了吗？搞得好像我要强奸你似的。我本来也没那个意思，后来看到你就有感觉了，你想想，我是个男人，作为一个女人，如果你待在一个男人身边，他却一点反应都没有，你难道不会怀疑自己的吸引力吗？

听了他的一席话，我愣住了，竟然觉得也有几分道理。之前就有个男性友人做过类似的总结，大意是一对男女友人初次在一个屋子里过夜，即使男人和那个女人做爱了，也并不等于男人就爱上那个女人了，有时候男人也只是出于一种礼貌。不表示一下好像是嫌弃女生没有魅力。可是，貌似女人有时候，也是出于礼貌才没有拒绝的啊。有一次几个姑娘聊天，A 姑娘问，如果孤男寡女共处一室，一夜什么都没发生，你们会不会觉得，哎呀糟了，是不是我不够有女人味啊。B 姑娘回答，不会啊，我就和男人待过一夜什么都没发生啊。A 姑娘马上说，可是你基本上不能算女人啊。原来，上床也可以是无关乎爱，甚至连性都不是的一种社交活动。男人以为不表示一下会让女人觉得她没魅力，女人以为拒绝男人的话会有损他男人尊严，结果就稀里糊涂地上了床。这就是男人所谓的逢场作戏吧？我以前总是不能理解为什么他们会这么说，现在才明白，原来这

种尴尬的事真的会发生啊。

不过，现在至少我懂得，如果你不想和一个男人做爱，就没事别往一块凑了，除非他是gay。否则到了考验你“礼貌”时，你又是那么不随和，最后的结果就是，爱情没来，朋友也失去了。

| 撒娇大王王小波 |

我的朋友邦妮曾经写过一个关于女人撒娇的剧本，在那一段时间里，只要我们一见面，她就职业病地开始和我们探讨女人撒娇的问题。当然，谈论完女人撒娇，我们也会聊男人撒娇，有一次我说，男人撒娇这一点其实非常重要，看一个男人爱不爱你，有一点就是要看他和不和你撒娇，因为男人撒娇和女人撒娇不一样，大多数男人只会跟自己最信任和最依赖的女人撒娇，就像男人只在妈妈那里才是小孩子一样，虽然一个男人撒娇未必就代表他爱你，但是一个男人如果从来不和你撒娇的话，或者突然不跟你撒娇了，那你可要小心了，他很可能不再爱你，也不需要你了。

大多数的女人都喜欢能让自己尽情撒娇的男人，谁不喜欢

呢，但是我还有一个喜好，就是特别喜欢会撒娇的男人，爱情这种事，本来就是你和我撒撒娇，我和你撒撒娇的游戏，前一段时间读王小波和李银河的书信集《爱你就像爱生命》，每次读到“你好哇，李银河”，或者“我给你唱一支好听的歌，请你不要吃我好吗？”这种撒娇的话，再联想到王小波穿着破拖鞋的那大块头的样子，就更加乐不可支，难怪李银河老师在那个时代，不顾两人出身地位的悬殊，在王小波最落魄的时候，心甘情愿地养了他那么久，这么单纯善良，有才气又可爱的男人撒起娇来，真是击中女人的软肋，让我等小字辈的看客都忍不住心疼。于是顺手抄起手机给朋友发短信：王小波真是一代娇王。

一个男人如果很会撒娇，那真是一项超级致命的武器，有时越是看起来很 man 的男人，撒起娇来对女人的杀伤力越大，就像王小波那样。不是什么原则性的争议，撒撒娇就过去了，没什么大不了的矛盾，耍个赖皮就破涕为笑了。撒娇这种小事，看上去是情侣之间微不足道的小把戏，其实功能可真不小，因为只有在互相疼爱、互相给予安全感的两个人之间才会发生，而当爱情消失的那一天，就是你看着那个人，也不想再和他撒娇了，他也不再和你撒娇，撒娇只会让彼此觉得恶心。有时候我会想，其实爱一个男人，不过就是有一天你看到他白发苍苍，皱纹爬了满脸，但在你的心里，他还是那个永远的男孩，这就

足够了。现代人谈爱情,谈婚姻,总是要有更多的钱,有房有车,功成名就。然而这些东西再多，都换不来让你能在恋人的怀抱里撒个娇那种安心，亲密关系中，心理上的这种安全感，是多少钱都买不到的。爱情其实好简单，只是人们已经习惯把它搞得复杂了。

| 大龄女人更天真 |

江国香织的小说《东京塔》里，男主角是两个高中生透和耕二，他们各自有一个比自己大十几岁的情人。透对自己的情人姐姐动了真情，而另一个男孩耕二则有些玩世不恭，他一边交往着年轻的女朋友，一边专门涉猎大龄的已婚女人，他之所以喜欢这样做，是因为他认为“大龄女人更天真”。和大龄女人的性关系更自由自在，因为她们“不需要承诺，不需要未来，也不会给自己束缚，更不需要面对自己同龄女孩的那种现实和幼稚……”

读到耕二君这一番言论的时候，我不由放下书想了想，虽然这样说十分无耻，但也不得不承认，事实好像真的是这样哦。

可是耕二有所不知，大龄女人也有很多不得不天真之处。记得当年在某文化论坛玩，一个情感论坛的男斑竹以谈恋爱的名义骗了几个姑娘的钱，其中损失最惨重的一个姑娘被骗了十几万，是自己所有的积蓄并和单位预支了几年的工资。事发后，有人整理曝光了此骗子的伎俩，最令大家惊讶的是，骗子的伎俩其实也没有多么高超，无非是和姑娘们承诺要结婚，然后突然前女友得了白血病，做生意亏了需要钱之类，事后一看，简直戏剧化之极，拙劣之极，但就是这样的骗术，竟然真的能够骗姑娘们掏出自己的血汗钱来。后来我发现这些被骗的姑娘有一个共同特点，大龄女青年，特别着急结婚，渴望真爱，想有个家。所以一旦有个男人放个诱饵在她们面前，她们就像孩子一样的天真，不假思索地咬钩。前几天我还看到一个姑娘写她和前夫的种种恩怨纠葛，所有人都看出这位前夫品行极其恶劣，但姑娘还是执迷不悟，希望和他复婚。朋友和我聊起时就纳闷地说，为啥这姑娘都 36 了，还好像 16 岁的少女一样天真？这就是《东京塔》里耕二君说的这句话——大龄女人更天真吧。其实当时在那位姑娘的日志下，我也曾回复过她："你的前夫不会和你复婚，因为你已经 36 了，他在找一个比你更年轻的'你'，像你一样可以忍耐的。但是比你年轻。"然而我还是觉得这回复太残忍，把它删掉了，不过后来又看到这位姑娘有写日志说释然了，原来前夫的现任是一位 26 岁的姑娘，她早就知道前夫

和自己的瓜葛，正咬着牙忍着呢，看来我还真猜对了。

曾和一个老男人说到女人的年龄，我说，比起 20 岁的姑娘，30 岁的女人会更宽容一些，没想到对方嘿嘿一笑说，30 岁的女人都宽容，这有什么了不起，到了 40 岁她们还会更宽容。我当时听得一愣，从前可从来不知道男人们会这样想，和我们想得完全不一样，但这的确是说出了很多男人内心的真实想法。多少女人自以为是付出了真爱，想换回男人们的一点真心，可是有些男人却觉得那是因为你年龄大了，认怂了，要抓住一根救命稻草，才对我这么好，所以有些男人才会在出轨之后毫无愧疚——你一个老女人都没男人要了，无处可去，我不跟你离婚已经很对得起你。不过这也是中国女人生存的残酷现状吧，一个女人三十多、四十了还带着个孩子的话，敢离婚吗，你当然得更宽容咯，你的底线当然是一改再改咯。《非诚勿扰》上的女孩们还会争论是坐在自行车后座笑还是坐在宝马后面哭，而 30 岁、40 岁的女人则不再有这样选择的机会，她们更多的是忍气吞声，自己都搞不清楚是因为内心的怕太多，还是爱太多才选择坚持和隐忍，还要骗自己说这都是因为真爱。也许只有某一天，当心里真的不怕了，才能看清楚自己到底是有多少爱吧。而那些男人，他们比女人以为的要更了解女人，他了解女人所处的困境和自己所占有的性别优势，并知道如何加以利

用。他们知道30岁的女人比20岁的女人更宽容，是因为30岁的女人更无奈。就像我从前说过的那样，这世界有些人因为懂得而慈悲，有些人会因为懂得而残忍，那些因为懂得而残忍的人，会更残忍，更会残忍。

二十几岁的女孩反倒更现实，这无所谓对错，这个社会本来就给了她们谈条件的资本，她们有权利善加利用，为自己的未来打算。可悲的是大龄女子却要靠天真来催眠自己。我至今都庆幸自己听到了一句男人醍醐灌顶的大实话，我会一辈子记住，认清这个世界的残忍，不再天真地以为吾之真爱，在不懂爱的人的眼中亦是真爱，更不会认为自己认怂了，妥协了，就会得到尊重和怜悯，得到关怀。我很庆幸我活这么大，虽然一谈恋爱就会成为二十四孝的女朋友，但我只为爱情认过怂，从没对这个世界给我定的那些规矩认过怂。我想到那篇日记里，作者提到过的她的前夫的现任，一位26岁的姑娘，她还那么年轻，就觉得自己老了，所以她真的是个比36岁还老的女人了。也许有一天她终究会明白，自己心中的到底是怕还是爱，也许有一天她会明白，既然认怂没什么用，那你认怂干吗？

“他们住在高楼，我们淌在洪流，不为日子皱眉头，只为爱你而低头。”一个女人，是“只为爱你而低头”，还是“为日子皱了眉头”，有些男人懂得，有些男人自以为懂得，有些人因此慈悲，有些人变得更残忍，我早想写点什么扒了这层窗户

纸，又想这样是不是也一样太残忍？可是残忍就残忍吧，为日子皱了眉头的女人，面对现实也好，至少不用再问“他为什么这样对我”这种愚蠢的问题，还有机会活得清爽一点。只为爱而低头的女人，此生若还有人懂得就懂得了，不懂也就算了，就让它像歌中唱的那样，往历史下流，往历史下流吧。

| 恋爱中的丑女人 |

几个朋友到家中来玩，正好赶上我收拾出的从前的相册在桌子上放着，朋友就拿起来翻看，一边看一边惊呼，原来你过去这么好看啊！我走过去瞄了一眼，原来是上大学时候的照片，那个时候整天琢磨着怎么把自己打扮得很特殊，很突出，满大街在穿细腿牛仔裤的时候我在穿七分沙滩裤，校园里都做淑女状的时候我在玩朋克牛仔风，走大街上半条街的人回头，学生会老师说，如果我把身上的“奇装异服”脱下去，就让我当学生会的文艺部长，我淡淡地说，对不起老师我不感兴趣，然后转身离开。用现在的话来讲，那也是桀骜不驯，对时尚有追求的潮人一个。

可是后来呢？怎么变得现在这样朴素啦？朋友问。后来？

后来就谈恋爱了呗。二十啷当岁的傻丫头，爱上了一个毛小子，毛小子是一个观念保守传统的男人，然后两个人整天为能穿什么不能穿什么吵，穿这个吵，穿那个嫌。你太爱打扮，打扮得太漂亮，太特别了，太引人注目了，对方就会没有安全感。除此之外还会为很多鸡毛蒜皮的事和你吵，每天的精力都用在谈恋爱和吵架上，哪有心情去想怎么打扮自己。而且这样的争吵最后导致了条件反射，每次一想要买什么衣服就会担心对方会不高兴，内心有所顾忌，也就越来越没心情扮靓了。结果等一场恋爱谈下来，某天本姑娘照照镜子，却发现原来的漂亮女孩子不见了，自己什么时候把自己搞成个大妈了都不知道，不仅仅是穿衣服土里土气，脸上的表情也是愁眉不展的。于是只好重新减肥，去做头发，去购置漂亮衣服，但是你要知道，时尚品位这种东西是一种学习和成长的过程。几年耗费精力耗费青春的恋爱谈下来，在一个女孩的私人着装史上造成的断层和破坏，无异于一场“文化大革命”。要想弥补这个断层，要下大力气才行，而且还未必能修补得了。直到现在，我都再也找不到当年非常敢穿的那种感觉，整天照顾到别人的自卑感，结果反倒把自己给搞自卑了。这种牺牲，其实就是俗话说的丧失了自我。再重塑的自我，未必是不好，但无论如何也不会是原来的那个了，虽然现在想起只是一笑而过。所以说爱情多伟大，能把当年一个时尚达人活活地改造成一作家，虽说爱就爱了不

后悔，不过再来一次真的也不必了。

谈恋爱硬是能把一个人谈丑了，这话以前有人跟我说的话我也不会信。但是如果你仔细观察一下周围，这样的例子其实比比皆是。“恋爱中的女人最美”是一句关于爱情的彻头彻尾的谎言，不过恋爱影响女人的美丑，这倒是真的。一对情侣刚开始谈恋爱，如果不是天生就在穿衣品味上非常搭调一致的话，通常都会为穿衣服的问题产生分歧和争吵，分歧大了，就会出现一方向另一方趋同，有意思的是，这个趋同却并不一定都是时尚品位差的一方向时尚品位好的一方趋同，而是在这对恋人中，弱势的一方向强势的一方趋同，哪怕对方是时尚品位比较差的一方，时尚品位相对好的那一方也可能会毫不犹豫地脱去华服，为对方变成灰姑娘。这件事上天下女人都一样，没有特别，就像安妮·海瑟薇那么漂亮的姑娘，当年也曾经为了爱她的大叔男朋友，硬是往大妈范儿里打扮自己。因此旁观者可以从两个人在一起的时候的着装变化，一眼就能判定出谁在这个关系中做主导，谁做出了让步。更有意思的是，一段爱情关系里，如果是时尚品位好的一方放弃自己的穿衣习惯，去改变和迁就另一方的话，这段爱情往往是以失败告终。我想，这就叫人往高处走，水往低处流吧，人往低处走，终究不是长久之计。

再举个众所周知的例子吧，当年布拉德·皮特舍弃安妮斯顿和安吉丽娜·朱莉在一起时，我和所有喜欢安妮斯顿的人一

样，认为那只是皮特一时的意乱情迷，总觉得安妮斯顿和皮特那么好的感情不可能就那么结束。直到有一天，我看到有人整理的一个帖子，将皮特和安妮斯顿以及皮特和朱莉的合影做了对比。皮特的衣着变化很大，和安妮斯顿在一起的时候，两个人的穿衣品味很搭调也很好看，但那种好看，就像很多美国年轻夫妻一样，只是普通的好看而已。但是自从皮特和朱莉在一起之后，皮特的穿衣品味受朱莉的影响十分明显，比从前讲究了很多，他和朱莉站在一起时越来越有好莱坞名流风范，再也不是和安妮斯顿在一起的那个帅气的邻家大男孩。于是我终于明白，过去的美好已经过去，他是真的爱着朱莉，从表面上看来，朱莉只是改变了皮特的着装品位，但事实上，她已改变了他整个人，这是她为小布打开了通往另一个世界的一扇门，皮特已经将他人生的一页翻过去，大踏步地向前走，再也不可能回头了。

女为悦己者容，女也为悦己者丑，小时候谈恋爱，总觉得恋爱大过天，什么都可以为对方牺牲，变美变丑都无所谓，只要对方爱自己，两个人能长长久久在一起就好。后来才知道，你穿什么，你就是什么人，穿衣品位并不是一种虚荣，也不仅仅是表面功夫，两个人如果在外表上相差太多，究其原因还是因为这两个人根本就是来自两个世界。它和恋爱关系中的很多

事一样，一味地放弃自我去迁就别人，除了把自己变得丑陋，并不能保护什么爱情。女人过得不幸福是挂相的，一个女人恋爱谈得好不好，不用问别人，也不用内心纠结，自己照照镜子就知道了。越谈越丑的恋爱你能期待它带给你什么样的幸福？能让自己越来越美的那个男人才是值得自己终身托付的人，那些把你变成黄脸婆的男人，离他们越远越好。但归根结底，既不为悦己者容，也不为悦己者丑，始终爱自己的女人才可以一辈子做美人。这样的女人，反倒才是更有魅力的女人。

这世上没有一辈子的闺蜜情

“闺蜜”这个词是什么时候流传开的我不知道，只知道自己从一开始就不怎么喜欢它，我通常只会用“朋友”或者“好朋友”来定义身边的人，很少说某个人是我的闺蜜或者男闺蜜。一方面因为我更喜欢和人淡淡相处的个性，太过甜腻的词让我觉得窒息，另一方面是因为我对词语有一种近乎强迫症的挑剔，总觉得这个词太小家子气了，不如比较中性的“朋友”，没什么特别定义，反倒让人觉得轻松舒服。其实很多人并不知道“闺蜜”这个词的真正含义，如果你去苏州园林，参观一下那里古代小姐的闺房，就明白所谓大家闺秀的闺阁都十分幽闭，在车水马龙的闹市中，一经高墙古树的屏蔽，就丝毫感受不到外面的尘嚣，自成一个小世界，小姐们整天在闺阁里绣花，过着大

门不出二门不迈的生活，既被男性的社会所保护，又被传统礼教所囚禁，外面的世界与她们无关，她们彼此的交流仅止于家事，心事，于是才有了闺中密友这一说法。然而在现代社会，女人和男人一样要求上学工作，参与社会活动，努力赚钱供房养家，互联网更是扁平化了这个世界，古树高墙早已被拆掉，早就不再有什么闺阁，这也注定了所谓闺蜜的关系，只能是年轻女孩之间脆弱的维系。

不用“闺蜜”这个词，不等于不曾有过闺蜜，回想一下，自己少女时代交往的那些女朋友，也许更符合闺蜜的定义，每一个刚刚踏入青春期、懵懂无知的少女，都是脆弱胆怯的，学校是她们最初接触的小世界，她们没有强大到可以对抗未知的世界，又需要人保护，于是就组成了一个个小团体，结成亲密无间的伙伴，团结起来去抵御外界的压力，这样力量会更强大一些。其实很多女孩的闺蜜情，被环境随机促成的因素很大，班级座位很近，一起上下学的邻居，同宿舍的舍友，这样相对封闭的小世界里，女孩子们模拟出了一个隐形的闺阁，在这样的闺阁中，她们相依为命，共同成长，分享彼此的秘密。这样度过青春期，也不失为一件好事，那个年龄的女孩，大多都相信这种闺蜜情牢不可破，甚至比爱情更忠贞更长久。可惜的是，当大家都成年踏上社会，各自有了家庭事业，面对着不同的生存压力时，当年的那些小秘密已经不值一提，从前的闺蜜在身

份地位和经济实力上有了差异，很多闺蜜情也就随之分崩离析了。有些是因为外力使然，有些是单纯的互相看不惯，彼此不满，最后曾经的闺蜜渐行渐远。

女人之间到底有没有真正的友情？我认为是有的，但那不是闺蜜之情，闺蜜之情更像一种类似爱情中的puppy’s love的感情，那是小女孩的小世界，但人终究是会长大的，如果女孩之间仅仅满足于逛街吃饭，交换隐私和秘密，聊一聊家长里短，那么长时间在一个封闭而狭窄的关系里，人和人之间就难免会产生攀比、嫉妒、猜疑。这是和爱情一样的道理，两个相爱的人在相爱的最初是彼此对视，眼里只有对方，而成为伴侣要共同生活之后，就要并肩站立，一起看向前方。闺蜜情是在封闭的关系中过于关注彼此的生活，其实在现实生活中，没有人是能够经得起这样长年累月的注视而不被放大缺点的，也没有人可以无休止听另一个人倾倒情感垃圾不觉得生厌。闺阁早晚要被打破，每个人都要走出去面对世界，女孩子们只有成为共同闯荡江湖的伙伴，一起去奔赴未来的战友，彼此陪伴着一起走，这份感情才会长久下去。

我已长大，不再是少女，所以我不再有闺蜜，但是我有很亲密的女朋友，我们在人生的路上互相扶持帮助，共同成长前进，我很爱她们，这是成年人之间的友爱。我也曾失去过闺蜜，为此而受到伤害，但是如今我已明白，每一段闺蜜情

都终将随着女孩儿们的成长而产生变化。要么是结束，要么是升华成友情。无论最后是哪一个结果，闺蜜情都不是一辈子的事。

| 比汤姆 · 克鲁斯更幸福的韩寒 |

2012 年的秋天，韩寒和女演员赵卓娜的绯闻在网上很是被大家议论了一阵子，后来因韩寒自己站出来半公开地承认，让所有人都明白了这到底是怎么回事。作为一个旁观者，我对韩寒有情人这件事并不觉得意外。但对于他会公开发表妻子女友和平共处论，还是有些吃惊的。因为即便是在很多性开放、观念自由的西方国家，像韩寒这样有影响力的公众人物，也很少会公开说出这样的和平共处论来。荷尔蒙分泌过剩的老虎 · 伍兹只是一个体育明星，出轨也是要公开道歉的，克林顿也是道了歉的。而这位上过《时代周刊》的封面，被视为中国八零后的精神领袖、民主先锋的年轻人却公然说出这样的话，我虽然不至于愤怒，却也觉得有趣，套用那句老话，这是件很

有中国特色的事。

和韩寒相比起来，在此前刚刚离婚的汤姆 · 克鲁斯日子可就没那么惬意了。同年早些时候，第三任阿汤嫂凯蒂突然向外界公开宣布提出离婚，理由是阿汤哥的宗教问题。这件事且不论谁对谁错，单论阿汤嫂这个离婚的原因，就足以让很多国人费解。在当今中国，哪个女人会为了宗教问题和一个像汤姆·克鲁斯这样的丈夫离婚，通常情况下，丈夫只要没打你，没出轨，没有抛家弃子，妻子就应该忍耐下去。事实上，中国女性接受最多的建议和忠告，也是如何忍耐自己不满意的婚姻。这样的事情在某种家庭里更容易发生，当一个有地位有经济实力的男人出轨，很多妻子选择睁一只眼闭一只眼地把日子过下去，甚至容忍丈夫在外面建立另外一个家。可是谁又能劝中国的妻子在这样的情况下离婚呢？我们心里都明白，这个社会对于成年女性十分苛刻，离婚之后，并没有什么新生活在等着她们。回头再看看前阿汤嫂，她离婚拿到了赡养费，赢得了女儿，重新登上了时尚杂志的封面，她的事业正在起飞，并创办了自己的服装品牌。她还年轻，也依然漂亮，世俗对她离异有孩子并没有歧视。她的新生活刚刚开始。她还有机会再结婚，再寻找到真爱吗？只要她个人愿意，几乎没有人会怀疑这一点。但是对于中国女性来说，她们将要面对的未来却没有那么乐观，虽然很多人认为社会进步了，离异的单身母亲并非完全没有机会再

重新开始生活，寻找真爱，但是事实上，无论你自己如何自信，你都要生活在一个主流价值观宣判你已经贬值了的社会中。

我还记得老虎 · 伍兹被抓包的时候，媒体报道虎嫂的反应是“勃然大怒，扬言要跟老虎离婚”，把老虎·伍兹吓得连忙道歉，这就是婚姻契约的威慑力。老虎 · 伍兹为什么会道歉？因为在一个契约社会里，婚姻是最浪漫的契约，可是它再浪漫，也还是具有契约的本质，违反契约的人必定遭受惩罚，法律不会因为你是在一段婚姻中是强势有权力的一方便姑息你。人们不崇拜权力，而依赖契约，婚姻和恋爱不一样，你当然可以毁约并坚持你自己的看法和态度，这是你的自由，但是打离婚官司你可能会因此输得很惨，违背契约也必须要付出代价。在中国，男人们为什么可以理直气壮地出轨找情人而毫无愧疚之心，会公然发表“和平共处”论呢？因为他们非常清楚，自己违背婚姻契约的代价实在是太小了。中国的婚姻法有很多不完善的地方，执法机构的执行力也很弱，不能起到真正保护弱者的作用，中国的婚姻契约，和这个国家所有契约一样，到底能在多大程度上起到保护当事人的作用，通常都可以用“不靠谱”三个字来形容，要看个人的运气如何。出轨的丈夫们转移财产，拒付赡养费，用各种方式方法来躲避离婚遭受的“损失”。在这样的情况下，很多女人也只好咬紧牙关，把婚姻进行到底是她们衡量再三之后能做的最佳选择。

当年美国导演卡梅隆和妻子汉密尔顿离婚的时候，汉密尔顿分走了 18 亿美元，迈克尔 · 乔丹离婚时身价 3.5 亿，很厚道地给了前妻 1.68 亿。美国女人过不下去了，不高兴了就可以拿着属于自己的一半走人，这不是凭借老公人品厚道赏赐给她们的，这是她们应得的，是法律赋予她们的权利。这样的公平并非旨在保护女人，而是平衡婚姻中的利益关系，保护任何弱势的一方。麦当娜提出离婚，麦当娜付赡养费，小甜甜布兰尼、玉婆伊丽莎白 · 泰勒想离婚，她们是付赡养费的一方。我还记得在《口红丛林》（*Lipstick Jungle*）里读到过一个桥段，一个千万女富翁被丈夫起诉离婚，还向她要求每月支付赡养费，她愤愤不平地对她的律师说，可我是女人啊。她的律师，也是一位女士，则淡淡地回答她，那又怎样，如果易地而处，男人们不也要掏钱嘛。看！这就叫公平。

相比之下，中国的法律太不健全，常常无法有效地保护弱势的一方，而在中国，这个由男性掌握了社会更多财富的国家，弱势的一方在多数情况下是女性，女人们即便是在丈夫出轨情况下也不会贸然提出离婚，反倒担心自己被抛弃。在中国，丈夫们的资产始终是个谜，世贸天阶的老板吉增和被已经离异的前妻状告，就是因为离婚时候隐瞒了自己的财产状况，他为了迎娶孟广美而抛弃结发妻子，给了两个亿的离婚赔偿，而事后，吉的前妻发现吉增和的身家有四十多亿。名人婚姻如此，身边

这样的事也比比皆是，我身边有朋友离婚时被丈夫逼迫无偿放弃了共有的婚房，也有出轨后的丈夫和情人合计如何让原配净身出户，孩子房子一样也得不到。即使是闹得最凶的李阳家暴案，李阳作为毫无争议的婚姻过错方，在离婚时所付出的代价也很小，他在法庭上坚持宣称自己没钱，没房，没财产，他的前妻 Kim 无法证明李阳到底有多少家产。Kim 说，她不要同情，要公平。她说李阳一点都不担心中国法律，法律拿他没办法。

无论是法律，还是社会环境，都让女人们看不到离婚之后有什么未来可言。因此很多人选择打落牙齿和血吞，死扛着把婚姻坚持下去。这里面有多少是因为爱，有多少是因为她们看不到新生活的希望，我们很难说得清。但是我无法说她们任何一个人做得不对。每个人都要生存，这个国家的女人不能靠法律和公平的社会制度去保护好自己，也没有更宽容的舆论环境去接纳离婚后的自己，那么她们就只能靠自己的江湖智慧去保护自己，这也是不得已而为之。当然了，我绝对赞成每个人都有重新选择生活的自由，但是这应该是基于一个妻子能够得到她应该得到的毁约赔偿，基于她即便失婚带着一个孩子也一样不被歧视的社会环境，不被人认为贬值，依然有爱的机会，有机会开始新生活的的前提下，如果是这样的前提下，她依然愿意选择留在丈夫身边，与别的女人“和平共处”，那么我觉得，这才能叫真正的自由选择，别说三人行，四人行，就算搞成欢

乐合唱团一起过日子，那都是私人的事。但是可惜的是，事实常常并非如此。

李阳的妻子 Kim 在接受中国记者采访的时候说过一句话：在中国，如果一个男人是成功男人，人们就会对他更宽容。我觉得这个美国女人的这句话点透了当今中国人价值观的实质，在对待婚恋和女性问题上，我在中国的成功男士口中听到这种“共处论”的理论其实比普通男人更多，他们认为自己有资格拥有更多的女人，应该享受特权，而其他的男人没有，是因为他们没本事，没有得到成功。有趣的是，这些成功男士常常还是以民主和平等的进步人士自居的，但是他实质上以身作则向公众传递出来的信息却是——如果你成功了，你有了话语权，你就理所应当拥有更多，这个世界是一个权力的世界，根本没有什么平等可言。这个时候你就会明白，他们所要求的民主和平等，只是在自己处于弱势群体的时候，而当他们易地而处，成为一段关系的强势的一方的时候，情况就全不一样了，他们更热爱的是一个不平等的世界。相对比之下，汤姆·克鲁斯作为世界上最有影响力和权力的男人之一，他并没有背叛妻子，只是因为信仰不同，却还是被老婆抛弃了。在处理婚姻关系这件事上，他和全天下男人一样，只是一个丈夫，他并未因自己的地位和影响力享受到任何的特权，从这一点上来讲，韩寒真比汤姆·克鲁斯幸福多了。

我觉得男人想后宫三千本没什么错，想就想呗，纯属个人自由。问题是老虎·伍兹也可以想，克林顿也可以想，贝克·汉姆也可以想，但为什么别人都没说出希望自己的女人们和平共处这样“霸气”侧露的话。未见得外国男人就比中国男人厚道到哪里去，而是因为他们在这个问题上是没有被赋予特权的。他们是一夫一妻制的主流价值观的既得利益者，就有责任维护这个主流价值观，所以他们说话的时候还是必须要照顾到女性的感受，再退一万步，也首先得顾虑到妻子感受、情人的感受，谁敢公开说我就是要妻子女友和平共处？这样的言论，是没有离婚律师肯替你打官司的，没有广告商愿意投放你广告的。但是在中国就不同了，男人们真的没有这个顾虑，他们也不需要。中国的男人们，特别是成功男士们内心对自己的优势太清楚了，所以说话底气就是这么足，因此才会抛出有恃无恐的“共处论”。我觉得韩寒的言论之所以激怒了很多女性，是因为他的话语里透露出的那种已经占尽了性别和地位双重优势的人的毫不掩饰的优越感。对于这一点，我个人并不觉得特别愤怒。当一个人有明显的优势和权力去将自己的利益最大化，你要让他不去享受，那除非他是个圣人。韩寒不是一个圣人，他只是一个普通人，在这个“有便宜不占是傻蛋”的思想充斥的时代里，他只是一个未能免俗的普通男人而已。

| 养王小波容易，养小白脸难 |

洪晃在她的杂志卷首里说“有本事的男人才吃软饭”。此卷首引来李银河老师的感慨，说当年王小波就是自己养着，“对没本事的男人来说，被人说吃软饭是最大的打击，只有有本事的男人才有底气被养起来。小波跟我说过，巴尔扎克也是总有贵妇养的，证明了很多出色的文学家艺术家都这样”。看完就笑，这两位前辈都是中国女性事业成功的杰出代表，说出来的话都是砸在地上能砸出个坑的女强人。只不过作为我等没那么强大，也没什么成功，只是写字卖文为生的小字辈来说，若我表示我也愿意养王小波这样的男人，估计也会被冠上女权主义的帽子，女权主义并不是不好，只是就这件事来说，倒真的未必如此。

我不是财大气粗底气粗的富婆，或是因为要大谈什么男女平等之类才说自己也能养个王小波的，只是就养男人这个事情来说，我们必须得承认，像王小波这样的男人其实都很好养，而真正吃软饭的男人才真是养不起。想那李安当年没有成名之前，也靠老婆养过几年，李安说起那一段的生活，就是每天除了做饭带孩子干家务，就是写剧本，找投资，一门心思想着的是电影、电影和电影，李安为人低调，生活朴素，这样的男人，就算是靠老婆养，其实也不过是个基本生活费用，花不了几个钱。他只是有理想有抱负，暂时不得志而已。和朋友说起二位前辈的这个对话，我就说如果是王小波，我也会养，成天宅在家里一门心思搞创作的男人，吃穿都很随意，无非是多抽两包烟而已，但反过来想想看，你养的是王小波唉，他给你生命中带来的，哪里又是能用金钱计算的呢。其实不是像李银河和洪晃说的那样，有本事的男人才吃软饭，而是有本事的男人真的吃不了几口软饭。相比之下，那些真正打定了主意以吃软饭为生的小白脸，才是很不好养的吧，今天要这个，明天要那个，他们的物欲是难以满足的。当然了，之前也看过蔡康永问饭岛爱小姐为何要养小白脸，她回答："能当小白脸也是很了不起的，因为这样的男人有独特的魅力。"我想饭岛爱小姐所说的这个"了不起"，应该是另外一种理解了，暂且不谈。

英雄尚有末路处，才子也有不遇时。当然也有英雄才子一

辈子运气不济的，不过那是另话，只不过女人养男人这种事，有可能不是出于什么主义，而只是出于爱和敬，出于对才华的珍惜。可见这世间什么事都是不能一概而论的。

不拜金女郎

《大龄文艺女青年之歌》很红的时候，人人都说这首歌是女文青的写照，我对此不以为然。我的一位朋友 A 小姐，她却不是个大龄文艺女青年，而是一个典型的败家女兼拜金女郎，拎 LV 的皮包，戴 CHANEL 的眼镜，开着一辆 MINI Cooper，男朋友在三环里有十几套 loft，所以两个人根本不用工作。A 小姐高兴时就逛街，不高兴时也逛街，从来不搞文艺创作更不需要为钱发愁。按理说，她和我们这种靠爬格子谋生的文艺女本无交集之处，但 A 小姐当阔太太的日子过得不耐烦，非要寻死觅活地和男朋友搞独立斗争，要重回职场，于是我就受朋友之托帮她办了点事情，一来二去，彼此发现对方也并不讨厌，也就成了朋友。

也许是命中注定吧，A 小姐重新上班后不到半年，就喜欢上了办公室里做设计的一个穷小子，三下五除二就把他给搞上床啦。开始的时候，我们都以为她只是玩玩而已，男生也知道自己养不起 A 小姐，对两个人的未来并没有什么期许。没想到 A 小姐却宣布要跟有钱的男朋友分手，要和穷小子在一起。不仅使得我们惊诧莫名，连穷小子自己也被吓着了。结果就发生了办公室里 A 小姐拼命追求穷小子的一幕幕，也不管自己那大款男朋友还在等着她回头。有一次，穷小子被 A 小姐给逼急了，就在 MSN 上问 A 小姐，我到底哪好啊？你到底喜欢我什么啊？A 小姐就说，我喜欢你阳光可爱，单纯善良，不藏心机。穷小子就不知道怎么接话了，只好嘿嘿干笑两声，说："你是在自己骗自己。"

除了 A 小姐自己以外，两个人身边的知情人，连同穷小子自己都没有人看好这段感情。因为 A 小姐是那种在饭店里随便吃个饭都有人过来塞纸条求交往的女孩，从小到大，谈过的男朋友更是非富即贵。你只要看她一眼，就觉得她天生该被有钱男人追求，两手不沾阳春水地被供养起来。很多年前我也曾偶遇过这样的一个漂亮女孩，她的故事也和 A 小姐类似，她总结说："不是我一定要跟有钱人谈恋爱，但是家境普通点的男孩子都不敢追我，我也不知道为什么，他们就是怕养不起我。"开始时，我不大能够体会这句话的意思，后来跟 A 小姐

接触久了，才渐渐明白，有些女人就是天生有这种气质，漂亮，有品位，有小脾气，爱花钱，天生应该过富贵的生活，而有钱的男人一看到她们就懂，于是，自然就会产生征服欲主动展开追求，而没钱的穷小子都会知趣地躲开。

这也反过来让我突然明白了一个道理，我和我身边的这群大龄文艺女青年朋友，漂亮的有，不漂亮的也有，但专门被富人追求的却几乎没有。虽然也在无聊的时候哀号："爬格子太累啦，不如嫁个有钱人让他包养我搞创作吧。"但是真有有钱的男人凑过来了，这群姑奶奶们肯定又嫌人家只有钱。男人给你买个LV，你却教训人家不懂海明威，有钱的男人也不是傻子，才不会往你身前凑呢。

所以听见邵小毛在她的《大龄文艺女青年》里唱"他们说你该找个有钱的，让他赞助你搞创作，可是大款都不喜欢她，他们只想娶会做饭的"，就想说姑娘你错了，文艺女青年会做饭的是很多的，而且大款有钱请保姆，大款不找你不是因为你不会做饭，而是因为你不具备那种拜金女郎的气质，拜金女郎毕竟还能用看得见摸得着的物质去取悦，对于有钱的男人来说，这是他们力所能及的，也是相对简单的，大款都不喜欢你是因为你一脸"我视金钱如粪土""LV包包好俗气"的表情，你想让人家相信你是可以被金钱搞定的，那也是很难的。

最后要交代一下，经过一年多的穷追猛打，A小姐最终得

偿所愿，和穷小子走到一起了。MINI 还给了前男友，现在每天打车上下班，偶尔也和我们一起坐地铁。前些天，有朋友跟我说，A 小姐风采不如当年了啊，我说那是因为她每天心思花在她男朋友、工作和自己的网店上，没那么多心思打扮了。如今，她身上拜金女郎的气质已经越来越少，很少听她讲有什么艳遇了，不过前几天我们聊天的时候，她跟我说，现在心里觉得很踏实。我想这就是她自己想要的吧。

| 权力顶峰无雌雄 |

婚纱女王 Vera Wang 离婚的时候，消息迅速在网上传开，一个女人在 63 岁的时候失婚，实乃人间惨剧，哪怕她是亿万富婆，也瞬间沦为了被同情和可怜的对象，没想到事情发生戏剧性大逆转，紧接着就传来女王和 27 岁花样滑冰冠军相恋的消息。一下子所有人瞠目结舌，不知道说些什么好。

即使再有钱有权的女人也终究只是个女人，这是很多我们这样每天开着车奔波在二环路上，赚着工资的普通男女所坚信不疑的一件事。但是早在 2007 年，美国畅销书女作家坎迪斯·布什奈尔（Candace Bushnell）就在她的《口红丛林》一书中对此做了彻底的颠覆性的描述，这本书描写了正在向亿万富翁进军的三位曼哈顿女富豪，其中一位媒体界的女大佬有一个模特男

朋友，但她并不打算离婚，因为她和自己的丈夫相处不错，丈夫隐约知道她做的一切，但却并不想找她麻烦，她打算把这样的婚姻就这样继续下去。另一位好莱坞的女大佬最初总是觉得自己在家里还是要做出个传统女性的样子来，像很多女性杂志教导的那样，在外面叱咤风云，回家在丈夫面前做小伏低，可是在家相妻教子的丈夫却并不领情，向她提出了离婚，在小说的最后，这位女大佬又结了婚，她事业蒸蒸日上，不仅每个月付给前夫一万美元的抚养费，养着两个孩子，还养着现任的丈夫。她早就不再纠结自己的女性身份问题，觉得这样挺正常，也没什么不好。

世人很容易有以己度人的思维习惯，我们总会以为那些身价千万的女富翁们和很多普通女人想的一样，需要找一个比自己强比自己有钱的男人，把失婚当成人生的没顶之灾，觉得自己老了就要安分过日子没资格再瞎折腾了。但所谓存在决定意识，那些真正站在世界的财富和权力顶峰的人，那些缔造了自己王国的人，他们都是遇神杀神、遇佛杀佛的狠角色，他们的行事作风和思维方式，其本质上都是征服者，已经超越了性别，没有男女之分。你在年薪十万的时候，可能还会有很多男女思维方式的差异，但是当你赚几个亿的时候，思维方式的性别差异就越来越少了。所以像婚纱女王离婚的举动，我们既不用可怜她，更无需特别去佩服她，她应该早就是那种想干什么就干

什么，想得到什么就会去争取的女人，她如果是那种十分在乎社会成见，心里装着那些道德束缚的女人，从一开始就根本不敢跟男人抢世界，一路向上爬，也不可能达到今天的成就了。因此，这段关系，可能是最纯粹的，也可能是最世俗的，纯粹在于由于一方拥有超强大的财力，可以让他们感情不受现实条件所困，更加自由自在。而世俗之处则在于，它终究只是个特例，如果哪个女人看到这段爱情，就认为自己 63 岁时候也一定会有 27 岁帅哥来爱，那也是可笑的。

至于 27 岁的帅哥为什么会爱上女王？其实和邓文迪当年嫁给默多克一样可以理解。这位帅哥今年才 27 岁，能和 Vera Wang 这样的有权力又有品位，有智慧又有经验的人分享她的帝国，共度一段时光，对于他的智识成长、未来人生的格局都不是一点半点的帮助。如果说权力即春药，那么这春药也是不分雌雄，男女皆宜的。

离婚是要赔钱的，63 岁了还闹离婚，女王要承受的经济损失应该不是一点半点，人们都觉得一个 63 岁的女人能迷倒 27 岁的帅哥可真了不起。可是我觉得是大多数人都想错了，难道大家真的以为婚纱女王除了自己的丈夫以外，就不可能有过别的帅哥男朋友吗？我倒觉得，能让女王为自己离婚的这位帅哥，才真叫有两下子。

当人们谈离婚的时候，人们在谈论什么

王菲和李亚鹏宣布离婚的时候，大家都感到十分震惊，震惊之后，便纷纷开始猜测两个人离婚的理由，一时间各种流言甚嚣尘上，其中大多矛头指向李亚鹏，公众不仅认为一定是李亚鹏提出离婚，而且觉得如果不是男方出轨，有经济问题，是个人渣，为他付出那么多、淡出娱乐圈多年、专心相夫教子的妻子怎能同意离婚。甚至传出“王菲要出家”的消息，立刻有人跑到李亚鹏的微博下面去骂街，如果不是他不好，怎么会把王菲逼得要出家。最后公众的反应把一向不解释的王菲都搞急了，又追加了一条微博，表示离婚是自己提出来的，没什么第三者，没婆媳问题，没经济问题，也没有要出家。这边憋屈了好几天的李亚鹏也终于可以喘口气儿说句话了：“孩儿她妈，永远爱你。”

这下倒好，全国人民都感到困惑了：你说你俩不为啥那到底是为啥非要离婚？你说你俩离婚不好好演狗血悲情戏码这玩儿似的你们是想怎样？我看着有趣，想起了很久以前，我有个美国来的朋友叫 Sam，有一天他跟我说，Micky，我们的另一个朋友，最近找了一个中国情人，这个女人是一个有夫之妇，她的丈夫是一个考古学者，一年里最少有十个多月在外地，他们有一个女儿，Sam 能理解 Micky，毕竟他是个远离故国的单身汉。可是他非常不能理解那个女人，既然和丈夫常年分居两地，几乎没有性生活，她也出轨了，这样的婚姻为什么还要维持呢。我跟 Sam 解释她可能是为了孩子，她是重视家庭。他觉得很奇怪，那她为什么要出轨背叛丈夫呢？于是我又解释，在中国，离婚带着孩子的女人不大好再结婚，他还是不能理解，跟我这儿较劲地问，可是她这样觉得幸福吗？最后我也被问急了，干脆说中国人就那样，和你们美国人不一样，很多中国夫妻就是这么过日子的。

前两天看陈丹青的访谈，他说中国人最大的信仰就是活下去，我要补充一句，如果中国人的信仰就是活着，那么很多中国人的婚姻观念就是混着。当一对夫妻离婚了，中国人最爱问他们的问题就是：“为什么？”这句话的深层释意其实就是，你们为什么混不下去了呀？是谁先混不下去的呀？在很多中国人的心里，无论多不开心的婚姻，都应该尽量地混下去，除非

有实在混不下去的极端理由，比如出轨、嫖娼、家暴、赌博、吸毒、经济问题这种原因，才算是公认的你应该离婚的理由，除此以外，诸如性格不合、性生活不和谐、婚姻关系中个人幸福感极低、心情苦闷得想死这些原因，在很多中国人这里都不能算是混不下去的理由。而且上述正当的离婚理由，也要视情节轻重而定，能混下去还是应该继续混下去。家暴没打到住院你就应该再咬咬牙忍下去，赌博没到赌到倾家荡产，日子还是应该将就着过下去。我们论坛里经常有姑娘来问，我老公出轨，我老公打我，我男友赌博……可是我还想继续怎么办。这些姑娘混一混，隔三差五地就来问同样的问题，人生就这么混着，犹豫着，追问着过去了。你什么也不能说，也不用劝，因为你永远扶不起一个想混着的人。

既然不愉快的婚姻，混着才是主旋律，那么离婚这么大的人生悲剧，就难免被大家“关心”一下。可是如果两个人实在没什么拿得出手的“正当理由”，这事就成了个挺难解释清楚的一件事。于是看客们只好自己把盘子拽过来，在一个叫“离婚理由大全”的套餐里挨个扒拉，往你身上比划，看哪个靠谱就贴你脑门子上。最后女主角被大家给弄急了，终于一拍桌子开口了，老娘没那些扯淡的事儿，老娘就是不爱混着。看客们于是都惊呆了，然后觉得这对男女简直是奇葩啊，你能混你为啥不混下去？不为这些你就要离婚？不能够吧，你肯定是因为

什么混不下去了，别撑着了，说实话吧！其实大家就是不愿意相信，这世界上有人明明可以将婚姻混着到底，为什么她偏偏不肯将就。继续选择混下去的人有千百种理由，不混下去的人的理由通常却只有一种——他们还没有放弃自己的人生，他们觉得自己的人生还有期望，也不需要寄托在孩子身上，不管自己的余生只剩下三十年还是三年，他们都决心要认认真真地活下去，活到死，有肿瘤要割掉，有错误要解决，然后往前走。能找到新的伴侣就两个人一起重新开始，不能找到哪怕一个人也要好好走完人生的路，决不打混。再者以王菲的条件来说，她做自由选择的余地确实比好多普通女人要大太多，她有这样的条件，干吗非得跟大家一样混着呢？所以说人家不想混着，不也很正常吗？

至于说为啥两人还有爱，其实大多数的夫妻开始总是有爱的，然而，即使是两个善良的好人也不等于一定能处得好啊，如果在一段坏的关系里，也会彼此被激发出人性里恶的一面，最后变成互相厌憎。一对夫妻，如果他们没有纠缠到爱念全无、恶念丛生的那一步，当然心里还能保留一些感情了，所谓的好离好散，都是在没有恶形恶状到极致的时候就结束了而已。男女之情没有了，日子过不下去了，但不等于对方全无优点，也可以有作为一个人对另一个人的爱啊。女人干干脆脆不拖泥带水，男人有能包容能理解的胸襟，这些都是一个人身上值得敬

和爱的品质，为什么就不能还有爱呢。如果情场是一个江湖，那么高手和高手之间，即便没有了爱情，也是可以互相欣赏的呀，何况又是孩儿她娘。

离婚只是一种选择，不是人生的失败，不是世界末日，亦不必搞成世界大战。离婚的人不是败犬，只是重新来过，换个方式相处。一对夫妻选择好离好散，是因为他们对自己的人生还有期望，不打算破罐破摔混着。看这一对离婚，我比从前更喜欢两个人了，不是因为他们离婚，而是因为他们处理离婚的方式。没什么正能量之说，只是觉得大家都活得轻松点吧，不要把婚姻搞得像一场炼狱，把人生搞得跟坐牢一样，也许是真正让人感到活得有点人样儿的开始。

当年人们从敦煌藏经洞里发掘出的一份唐代的离婚协议书，随手抄录一下，这样的风度和优雅，在当今人人灰头土脸、面目狰狞的社会，已是许久不见了，也许你觉得只有王菲和李亚鹏这样现代派夫妻，分手的时候才会说，“我很好，你也保重”。但也许这才是我们老祖宗的行事风格：

> 凡为夫妇之因，前世三生结缘，始配今生之夫妇。若结缘不合，比是冤家，故来相对。既以二心不同，难归一意，快会及诸亲，各还本道。愿妻娘子相离之后，重梳婵鬓，美扫蛾眉，巧呈窈窕之姿，选聘高官之主。解怨释结，

更莫相憎。一别两宽，各生欢喜。

故事的男女主人公，各自向着自己的未来，继续前行，单身上路了。“一别两宽，各生欢喜。”就以此句，为这段婚姻的结局做个注解吧。

| 没有优点的人 |

一个朋友前阵子谈了场恋爱，对方是个中年男人，虽然谈不上十全十美的个性、大富大贵的家世，但是从世俗的评价标准来说，也算是个条件不错的结婚对象，更何况朋友年龄也不小了，男方在漂泊了一段日子之后也打算安定下来。按道理这样子的两个人也可以结婚，然而朋友渐渐地发现她并不是那么喜欢对方，和对方待在一起的时候总会觉得不耐烦。但是身边人都劝她再相处一段日子试试，毕竟我们虽然都知道爱情的美好令人向往，但现如今逮到一个愿意安定下来结婚的本分男人，比逮一只两条腿的蛤蟆都难，很多女人都找到一个喜欢自己的人就嫁了。所以大家都觉得，只要朋友能过了自己那一关，结婚也未尝不可。

有一天下午，朋友打电话过来，我们闲聊起此事，她甚为纠结和烦恼，因为她发现自己开始因为很小的事情对男友冷嘲热讽，怀疑自己有问题。我就对她说，其实在这种关系中，付出爱的那一方，的确是比被动接受爱的一方更幸福的，因为爱情是一种魔力，它在有爱的人内心唤起了小宇宙的觉醒，让他和自己喜欢的人在一起，每天都会体会到力比多飙升带来的那种快感，但是那个不爱的人，她的身体里一片死寂空荡，丝毫感受不到这种快感。所以虽然两个人是在一起的，但那个心里没有爱情的人，却只能眼睁睁地看着对方比自己幸福，这幸福偏偏是因她而起的，她却无法感受到，也无法从他身上得到回向给自己幸福感，久而久之，就难免会生出许多挑剔之心来。嘴笨点的便冷漠相对，伶牙俐齿的便忍不住恶语相向，不断打击对方。时间长了，对方的力比多回到正常水平，也可能会感到不满，怨偶便由此而生。

那之后过了几天，我又在一次聚会上遇到朋友，问起她的情况，她淡淡地说，分手了。我有些吃惊，没想到她会有这样的魄力。这个世界上你明知道对的选择有很多，但是就是没有勇气跨出那一步的人更多。就好像常常听到身边的女人唠叨着“干脆找个爱自己的人嫁了”或者“找个人一起过日子”这样的话。殊不知，“过日子”这三个字，才是最不容易的。有句话说得好，人可以坐在一座山峰上，却无法坐在一个针尖上。

人和人在一起生活，普通日子里，一地鸡毛的小事，才是最考验人的。想想看，两个关系不大亲密的普通室友之间都会有为了谁不倒垃圾，谁不洗碗，作息不规律等产生矛盾，更何况是要共度一生，要肌肤相亲，共同养育子女，钱放在一起花的夫妻呢。因为彼此相爱，我们才能包容和体谅那个从前根本不认识的陌生人，如果没有爱过，谁又看谁不是很容易就看出一身毛病呢。亦舒曾经说过一句话："当一个男人不再爱他的女人，她哭闹是错，静默也是错，活着呼吸是错，死了都是错。"这段话经常被女人拿来指责男人的残忍，但是换个角度想一想的话，似乎也同样是适用的呢。那个所谓残忍的男人，他和一个在他眼里怎么看着都是错、无论如何也没办法接受和亲近的女人生活在一起，也是受尽折磨，在消磨生命，他也同样得不到幸福。

爱情是有因果无对错的事。爱一个人，有时候会让我们成为全世界最可爱的人，有时候也会让我们成为最面目可憎的那个人。你是最好的还是最坏的，完全没有什么逻辑和对错可言，标准全凭你爱的那个人的个人喜好。你的优点和缺点可能始终都是一样的，但在不同的人眼里看来就可以完全不同。一个人眼中的节俭，在另一个人眼中可能是小气，一个人的细腻敏感，在另外的一个人眼中可能就是娇气脆弱。也许为了爱一个不爱自己的人，我们会心甘情愿地付出，付出当然是没有问题的，

但是你爱的人完全看不到你的优点，那便又是另外的一回事了，因为那将是对你的自尊和自信进行摧毁性的打击，你越爱对方，这打击的破坏力越大。而最重要的是，你将永远没有改正的机会。因为在对方的眼里，你不是哪里做错了，而是你几乎没有一点是做得对的。这样子的关系，十天半月是忍得了的，只怕日久天长，有一天激情终于退却后，自己也会心生怨恨吧。

和一个“没有优点”的人生活在一起，或者做某个人“没有优点”的伴侣，都是对自己承受能力的巨大的考验。很多人都以为自己能够通过，最后还是被生活打击得一败涂地。

也许这个世界上真的有人和怨偶共勉，忍得一辈子也未可知。但人有时也不要太相信自己了，不要以为自己可以爱得多高尚多伟大无私并且一定能将这无私奉献坚持到底，也不要以为找到一个爱自己的人当了奴隶主，可以对人颐指气使就必定可以得到幸福。要知道人性这个东西，它妙就妙在，有时候连我们自己都会被它吓到呢。

女人的解放是男人的自由

第 85 届奥斯卡颁奖礼上，李安凭借《少年派的奇幻漂流》斩获了奥斯卡最佳导演奖，这一次获奖，被国人热烈讨论的是李安和太太林惠嘉的婚姻生活。很多人不知道，李安在没有成功之前，曾经在家做过整整七年的家庭煮夫，太太林惠嘉的收入支撑了家庭开销。这段经历被媒体报道后，不少人都夸李太贤惠。一直以来，我都比较喜欢林惠嘉的性格，便也在微博上赞了李太几句 ："好多人觉得是李安太太捡到宝，其实很多人只看到李安成功了赚钱了，却不懂得搞文艺创作这行压力有多大，出不来作品会情绪化，精神危机都难免，遇到坎万一过不去就疯魔了，从各种资料看，李太是位情绪稳定，精神强大，自己有事业有主见能接得住老公的女人。李安遇到她才是捡到

宝！”说完这些，再看下面的留言才觉出不对劲来。李太怎么一夜之间成了含辛茹苦的刘慧芳了？明明是有所成就的事业女性，硬是被树立成了妻凭夫贵、勤劳隐忍、为夫君牺牲自己的传统劳动妇女的光荣榜样。这真是让人哭笑不得，在这样一个父权社会的主流价值观里，这才叫欲利其器，何患无辞啊。

我曾经接到过一封读者来信，一个姑娘给我讲述了她的生活烦恼。她和丈夫经人介绍订婚时，丈夫是一个小公司老板，而她正处于人生的低潮期，后来要结婚时，丈夫做生意失败，她却考上了公务员，丈夫当时觉得不般配，便和她提出分手，但是由于她家风纯正，不希望被亲戚朋友认为嫌贫爱富，还是坚持和丈夫结了婚。结婚之后，丈夫开始了酒吧歌手的驻唱生活，并且在这样的工作中找到了自我，他告诉妻子，自己的个性不是做生意那块料，当歌手才是他真正想过的生活。这位读者非常烦恼地问我，虽然丈夫很爱她，人很善良，对她也真的很体贴，但却这么不务正业，她该怎么帮助他改正？看完这封信，我真的十分同情那位丈夫，靠自己的劳动吃饭，却被妻子认为是不走正路，社会主流价值观的人群就是这样看待文艺青年的。所以回过头来想想李安，当年也就是这么一个不务正业的文艺青年而已，别说做妻子的，就连他自己也不敢拍胸脯打包票，说日后会有如此成就吧。要说李太是看好了李安一定能成功，有世人所理解的那种投资的心态，等着李安有今天这样

的成就，所以才苦哈哈地努力工作，赚钱养家，那真是最扯淡的一种说法了。你可知道文艺创作这种事，鼓捣一辈子都鼓捣不出个所以然、一辈子都是穷艺术家的人实在太多了，纽约街头，有灵气、有才气的艺术家一抓一大把，搞艺术不是开餐馆，不是只靠努力，头脑聪明就可以苦尽甘来获得成功的。所以别说是文艺工作者家属，就连文艺工作者自己通常都不敢说自己一定能成功或者走到哪一步。按照有些人那种理解，李太含辛茹苦，一天到晚鼓励李安先生，这场景想想都能吓死个人了，搞文艺创作需要思想自由，心态放松，如果有个老婆大人成天在你身后虎视眈眈地盯着你，往死里给你加油，当拉拉队，告诉你你一定能成功，我们全家都相信你哦什么的。在这样的压力下，一个艺术家能搞出什么好作品来才怪呢。

现实的情况是，这位林惠嘉女士并非是被媒体描述成的传统贤妻的榜样，恰恰相反，她是不知道怎样成了中国传统女德教育的漏网之鱼，养成了自在随性的个性，才促成了李安的成功。她之所以出去工作，是因为她喜欢自己的工作，李安当年因为找不到工作，曾经想去学计算机，太太的意见就是，既然不是那块料，何必去遭那个罪呢，于是李安就继续在家搞创作了。用李安自己的话来说，“她只是不管我”。有一段广为人知的轶事，讲的是李安和太太到纽约法拉盛的华人区去买菜，李安把菜装上车，太太到停车场对面的路边买西瓜，有位台湾来

的太太对她说：“你真好命，你先生现在还有空陪你来买菜！”李太太回答：“你有没有搞错啊，是我今天特别抽空陪他来买菜的！”那位太太听到李太太这么说，一时气结，半天接不上话。李安说，其实以前她就很少陪自己买菜，现在也一样。

男朋友是硕士，自己是博士，结婚有什么不可以？丈夫是文艺青年有什么不可以？自己的工资既然可以养活家人，那么丈夫留在家里照顾孩子有什么不可以？他除了搞电影，干别的又不行，那就留家里鼓捣电影好了，有什么不可以？也许只有这样的妻子，站在一个人和另一个人平等的位置来看待身边的男人，而不仅仅把他看成一个自己可以依附、一个去赚钱养家的长期饭票，才会不介意他的所谓“不务正业”，才会理解他，珍视他的梦想吧。

其实哪有什么忍辱负重、三从四德啊？这位太太的特别之处，只是她的内心里没有那么多男人应该怎样、女人又应该怎样的条条框框而已。因为自己的自由和独立，所以也给了丈夫自由和空间，而这恰恰是一个艺术家在婚姻中最需要的东西，所以我们才能有幸看到一个冲破中西文化的隔膜、不带性别偏见、打通了任督二脉的李安。而在我的读者来信里的那位太太，她终究无法接受这样的一个丈夫，要么是她的丈夫改变天性，要么她改变观念，这注定要经历一番博弈和折磨，搞不好只有分手告终，如果能放彼此自由，这也未尝不是件好事。

我们总认为女性在这个社会受到的束缚太多，太不自由，但是那封读者来信，却让我明白，这些对女人的束缚，反过来也同样捆绑着男人。一个女人没有自由的世界，绝不会是女人单方面的牢狱，女人的不自由，也反过来导致男人从没有得到真正的自由。而解放女人，说到底也是真正地解放了男人，因为女人和男人永远分不开，他们生活在一起，并没有哪一方能够独自享受到真正的自由。

| 每个女人都应该知道的事 |

我很小的时候看电视，喜欢上一个美国女人，后来她一直是我最敬佩的女人之一，她叫玛格丽特·桑格（Margarct Sanger），1879 年 9 月生于美国纽约，她曾经是一个父亲最小的女儿，一个丈夫的妻子，一个小女孩儿的母亲。她本来只是一个普通的护士，直到有一天，她去给一个偷偷做了堕胎手术而失血过多的女人救治，当时没有避孕的措施，很多女人结婚之后的命运就是一直不停地怀孕生子。桑格觉得这样对女人太不公平，她不希望自己的女儿将来也要遭受这样的痛苦。于是她决定开始教女人如何避孕，并主张女人有选择生育的权利，从那天开始，这个平凡的女人成了一个改变世界、改变我们无数女人命运的女人，那年她 33 岁。

也许你很难想象，在一百二十多年前，玛格丽特·桑格想做的事是一件多么冒天下之大不韪的事。今天我们在各种药店都可以找到计生用品，在书本上、网上都可以查到避孕知识和性知识。但是在当时的美国，避孕与人工流产都是违法的。桑格开办诊所，散发杂志，在报纸上写性教育专栏，做公开的演讲，公开宣扬女性有权主宰自己的身体、懂得性知识和避孕知识，因此成为了当时最“有伤风化”的女人，她一生都在跟美国政府的查禁、监禁做斗争，曾数次被捕，后来她被迫流亡国外，直到 1936 年，她在美国的处境才真正地好转起来，而这时候的桑格也已经 57 岁了。由于她的不懈努力，奋不顾身的奔走呼吁，女性生育权才开始渐渐被人们接受，女人从此有了避孕的权利，科学家才开始研究避孕方法，我们今天才有了各种科学的避孕产品、避孕措施供我们选择，让女人能够无忧无虑地享受性欲，不再害怕会成为生育机器。可以说，桑格改变了我们每个女人的一生，虽然很多女人从来不知道她的故事。

常常有女人来告诉我说，她们只想过好自己的小日子，照顾好自己的小家庭，不想为这个社会上的事而烦恼，她们觉得女孩应该是温柔的，与世无争的，总关心社会问题、政治问题，对自己的境遇表达不满，想为自己争夺权利的女人，太女权了，这有失一个女人的本分，让男人们觉得她们不可爱。对于这样的姑娘，我很希望她们有一天能够读一读玛格丽特·桑格的故

事，也许她们会明白，自己今天想要过的与世无争的生活，正是当年，那些“过分”的女人一点点为她争取来的。如果没有这些女人，我们女人今天还没有遗产继承权，还要裹着小脚，不能接受高等教育，一辈子都不能选择地不停怀孕、生孩子、流产……

女人今天的生存状态当然也并不完美，然而即便是这样的生活也来之不易。我觉得这也是每个女人都应该知道的事。并不是每个女人都一定要去成为一名斗士，但是对于那些曾为我们今天的生活、正在为我们未来的幸福而努力的那些女性，我们至少应该懂得、理解，并心怀感激，而不是站在对立面说风凉话、便宜话，我觉得这是身为一个女人，最起码的礼貌。

对成功女人的爱情惩罚论

网上有人爆出崔健22岁的小女朋友的照片，姑娘长得蛮漂亮，有点像刚出道时候的林嘉欣，比崔健小整整28岁，也是个演员，很多人看过后啧啧惊呼，有个朋友在网上发微博感慨说：“但凡有点名气的老男人，找的都是年轻漂亮的小女朋友，哪怕是已不在江湖的，所以说，不腕儿的艺术家们还是要腕儿起来才是啊……”

这让我想起当年铁凝嫁给华生时，我和朋友们在一起八卦此事，绿妖说起冰心曾经在铁凝年少时赠铁凝的那句名言：“爱情不要找，要等。”我们几个姑娘便纷纷感慨50岁的铁凝终于等来了爱情。可见爱情还是会等来的，可是人文社的杜丽老师却无情地给我们泼了一盆冷水，她说那是因为她是铁凝，她成

功了，否则男人根本看不到你。我当时非常吃惊，以自己的阅历和理解力，我可以理解成功的男人更容易寻找伴侣，但实在不能理解爱情这件事怎么会和一个女人成功也会有关系。女人不应当是贤良淑德默默无闻才有人爱的吗？无独有偶，后来在 QQ 群里，一个姑娘中年离异，正内心沮丧万念俱灰，我本着鼓励打气的基本方针说没关系的，爱情这东西没个准的，你看人家杜拉斯，70 岁还有 30 岁的小伙子来爱呢。一个女性朋友立刻反驳我说，那是杜拉斯，这姑娘没戏，她太普通了。我当时觉得木老师这话也未免太残酷了。但也被提醒并注意到，像杜拉斯、可可 · 香奈儿夫人这样，70 岁的时候还能被人爱，也确实和她们身上的光环分不开。

不得不承认，作为从小受着传统教育长大的姑娘，听到过很多男人成功就可以佳丽成群的故事，可是女人成功也会获得恋爱的特权，这个秘密从前可没人告诉过咱们啊。男人成功就可以佳丽成群这个客观事实咱们都打小就知道，可是女人的成功也会获得恋爱的特权，这个秘密从前可没人告诉过咱们啊。可回过头来，我们仔细想想那些女明星或者事业非常成功的女性，王菲、刘若英、贾静雯……这些容易被人看得到的女性，她们虽然已入中年，但是她们的感情生活并没有因为她们的事业成功而停滞，即便是一直单身的林志玲，也是从不

缺乏追求者，用句话来说，就是人家谁也没闲着。我的一个女朋友私下里就曾跟我说，自从她最近几年事业蒸蒸日上，在业内声名鹊起之后，明显地感觉自己被关注被勾搭的几率大把大把地增加，这其中包括一些从前她认为比自己优秀很多，绝不会对自己有意思的男人。虽然她依然坚持着自己的爱情理想，但是那曾经怀疑自己没有吸引力创伤已渐渐痊愈，从此自信爆棚了。

年轻的女孩爱上老男人，未必就是因为贪图他的名气，可崔健如果不是崔健，只是一个普通老男人，又没有克鲁尼那种老帅哥的容貌，别说看上，谁会看得到他呢？这不是功利，只是名气的确是一身最华丽的羽毛，也是这世间最有效的春药，你不站在人前，别人看都看不到你，就更别提爱上你了。灰姑娘的故事我们都耳熟能详，但是你知道吗？这故事里童话的部分，并不是水晶鞋，也不是王子爱上了美丽的姑娘，而是国王竟然让全城的女子，不分贫富贵贱，平等地参加王子的舞会，这才是只有童话里才会有的那最不靠谱的一部分。事实上，王子是永远看不到灰姑娘的，就算她倾国倾城，也要打扮成公主，站在聚光灯下才会被王子看得到。

我们这个社会，一向盛行着一种对成功女人的惩罚论——因为传说中女人太成功、太有钱，男人就都不会爱你，于是多少姑娘因为怕不被人爱，所以惧怕成功，不敢追求成功。她们

战战兢兢地觉得自己一旦太成功，太有才或者太出色，就再也没有男人来爱了，这辈子就嫁不出去了。其实真不是那么回事。从某种角度来说，事业成功的女性也有她们的客观优势。虽然未必就一定能确保她们得到幸福，但这也和事业普通的女性一样，只是命运无常罢了，我们不能说事业成功的女性就一定幸福，可是认为女性事业成功，就一定会婚姻不幸，也是一个巨大的谎言，目的无非是吓退女人的事业进取心，把她们吓回厨房去罢了。人的一生决定怎么过，是淡泊名利，还是追名逐利，都应该由个人自己选择，不分男女，女人如果想过相夫教子的生活也不错，如果是她本身有着想追求事业的愿景，那么她就不该被这种惩罚论所恐吓。明明是曾经有才气、有本领、有理想的女性，年纪轻轻却被吓住了，一辈子没敢好好追求自己的理想，没有珍惜自己的才华，窝窝囊囊地活了一辈子，这不能说不令人可惜，而那些早早识破了这谎言的女性，最后却活出了真我的风采。所以啊，那些吓唬女人的惩罚论，最好还是让它们骗鬼去吧。

从《傲骨贤妻》看邓文迪

影视文艺作品大多都是虚构的故事，但却常常成为一个时代的真实写照。凯特·米丽特曾经在她的《性政治》中提到文艺作品总是在强调女性之间的敌对情绪，指出“妇女遭受的鄙视一旦在她们身上被深层意识化，她们便会鄙视自己并相互鄙视”。本书写于1969年。1998年，随着美剧《欲望都市》的热播，女性之间的友谊第一次成为影视作品中的情节主线，和男性之间的友谊一样在影视作品中被正面描述并被肯定，剧中的女人们互相帮助，互相陪伴，潜移默化地影响了社会舆论，改变了人们以往心目中对女性友谊的固化理解。我们可以从这个肥皂剧中看到女人们的变化，特别是像《欲望都市》的作者坎迪斯·布什奈尔这样走在时代前端的女作家在文化上所表现出

来的自信，也影响了一代人。

在出版了《欲望都市》之后，坎迪斯·布什奈尔还出版过一部《口红丛林》，这部作品中的女性结盟主义可以说是《欲望都市》的更进一步延伸。在书中，作者将女性结盟主义从《欲望都市》的生活中进一步发展到了事业上，讲述了三个身家千万级的女富豪之间的友谊，其中一个单身富姐的男友是曼哈顿的钻石王老五，有一次王老五和富姐恩爱之后相拥闲聊，富姐此时正在为自己的生意遇到瓶颈而苦恼，她问自己的男朋友是怎么赚到他的第一个亿的，她的亿万富翁男朋友很轻松地说，这很简单，我的财富积累到你这么多的时候，也曾遇到过瓶颈，后来一个偶然的机会，我进入了一个俱乐部，这个俱乐部里都是亿万富翁，然后第一笔大生意来了，后面自然而然做的都是这样级别的生意，其实根本不需要你做更多的努力，这只是个机遇的问题。不过我是不可能把你介绍到这个俱乐部里来的，想都别想。富姐问为什么，男友说，因为这是男人的俱乐部，在这个俱乐部里不欢迎女人，女人是用来做妻子、女儿、情妇和秘书的，不是用来做生意上的合作伙伴的，当然了，有时候女人也可以分到一点零碎生意，那也不少了，但是没有人会和你做更大的生意，在俱乐部里，你的身份只能是我的女朋友。然后我们的富姐给了个特霸气的回答：我不需要你介绍我进你的俱乐部，我会成立自己的亿万富翁俱乐部的。本书写于

2005 年，后来也曾被尝试改编成电视剧，但是只演了一季就被砍掉了。据说是因为当时看电视剧的都是美国的家庭主妇，还不能接受女人和男人一样在事业上如此富有野心。

一转眼又过了五年，到了 2009 年美剧《傲骨贤妻》开播时，美国人对女性在社会中的态度已经比《口红丛林》时期又往前走了一步，这部电视剧里走马灯似的出现了很多法律从业人员，律师、法官、检察官、调查员、律师事务所的工作人员等等……经常会涉及各种团队作战，你会发现结盟主义已经打破了性别壁垒，既没有所谓的“男人俱乐部”，也没有什么“女人俱乐部”。所有人和人之间的结盟，只有一个标准，对方是最有能力的，我们的结盟是利益最大化的。女主角阿丽西亚经常被人挖墙脚，她后来又被力邀成为律所的合伙人，纵然这其中有她是州长的老婆的因素，但更主要的，还是因为她作为一个出色的律师，一个官司一个官司一路赢上来的出色表现有目共睹。剧中的律所大老板戴安是一位单身女性，论能力、风度和气势都让所有人心服口服，她和律所另一位大老板威尔是十几年相濡以沫、并肩作战的黄金搭档。在这部电视剧中出现了很多非常优秀的女律师、女检察官、女政治家……她们性格各异，但是有一点共同之处，是她们都是靠自身能力从基层一点点努力干起来的，也证明了自己的实力，她们已经不需要顾虑和谁去结盟的问题，只要能打赢官司，有足够的实力就会有

机会和有同盟者，至于是男人俱乐部还是女人俱乐部，那并不重要。

除此之外，这部戏还让人感到在美国各种具体、规范、明确的法律法规下，权力所受到的严格制约，虽然它确实有美化的成分，但是基本的大方向还是可以看到的，作为州长夫人，州长给女主角确实能提供帮助，但是这帮助是十分有限的，也要受到严格的监控和监管。作为公司最大的股东，领导者的行为也是受到限制的，戴安为了一己私利在言论上有损律师事务所的利益，另一位合伙人可以当即召开股东会把她撵出董事会。虽然她后来又回到了公司，但是从前她与威尔的地位在伯仲之间，如今却只能居于人下了。

前面说了这么多，终于可以说一说邓文迪了，我个人总觉得从某种角度来讲，邓文迪其实是一位非常传统的中国女性。她所信奉的“女人靠征服男人来征服世界”的信条，到现在还是很多中国人心中，女人想要获得成功的唯一途径，她的方式其实也是非常传统的女性进取方式，这正是在《口红丛林》里提到的很多女性所采取的方式，这方式并没有它看上去那么离经叛道，恰恰相反，这其实一直并不新鲜，几百年前就一直是很多想上位的女人采用的方式了。在她和默多克离婚之后的所有报道和描写中，给我印象最深刻的不是对她的个人品行的评价，而是来自《企业家杂志》的一篇外国记者对邓文迪作为企

业家的看法：这是一个极其糟糕的商人，开办“大脚”电影公司，创办艺术网站 Arsty，她说她是一个商人，一直试图证明自己的商业才华，但她的公司完全不成功，她从来没有成功案例，她的最大的职业成就是嫁给了默多克，“如果你看一下耶鲁大学管理学院的董事会顾问列表就会发现，其他顾问的成就要比邓文迪大得多，而她能够获得这个位置就是因为她是默多克的妻子”。

“有邓文迪在的地方就是一片战场，她苛刻对待员工，脾气暴躁异常。”这是前保姆对邓文迪的爆料，这位保姆 2006 年在邓的宅邸中被一辆儿童三轮车绊倒摔碎了膝盖——这在美国算工伤，邓文迪给了一笔可怜的遣散费将她打发了事。

看到这些报道，我恍然大悟，作为一个企业家，邓文迪其实正是我们在职场上时不时会遇到的那种慈禧太后型的女老板，这些女老板不是靠自己摸爬滚打从基层一步一个脚印上来的，而是靠着婚姻关系爬上来的。她们是职场里最难伺候的一种老板，因为走的是捷径，所以她们特别缺少管理经验、谈判经验、对事务的判断能力，对员工不够体贴和了解，对团队的控制力差，业务知识也不行，却偏偏非常情绪化，十分自信又骄傲，同样是女老板，她们和《傲骨贤妻》中的阿丽西亚以及戴安这种全靠实战出来的女老板完全不同，和现实生活中诸如希拉里、桑德伯格这样的女性更不一样。她们的老公拿钱出来

给她们开公司，或者帮她们得到领导的高位，如果她们不大管用，为人低调，反倒还好一些，一旦是个邓文迪这样的富有野心的强势型人格，通常反倒特别容易把员工搞得怨声载道，把公司搞得鸡飞狗跳。

做生意不容易，没有一步一个脚印地积累经验值，没有身经百战，懂得与人结盟，和人沟通，懂得何时进退，体察人心向背是不行的……这一点一滴都要从实战中学习，来不得半点投机取巧。看到邓文迪的事业历程，我觉得她应该一直是在孤身奋战，没有盟友，也没有人真的和她共进退，因为她不是从底层一路摸爬滚打上来，所以没有真正和她一起共患难的战友，不会有戴安和威尔那种用多年合作磨炼出来的默契，没有忠心耿耿的下属，没有建立自己靠得住的团队，因为这些一定是长期磨炼培养出来的人和人之间的关系，是当今任何一个商人想成功都不可或缺的。她其实应该属于《口红丛林》里所提到的那种生意圈外围的女人，半路靠婚姻上位，很难找到盟友，传统男人的生意圈子不见得接纳她，女性圈子对她有敌意，而像《傲骨贤妻》里这样的新生代权势又会嫌她不够好，没有才能就是没有才能，你没能赚钱，没有能成功，又是靠这样的关系上位的，就不会有人和你结盟，这层坚冰她显然没能力打破，或者根本没看到，最后在征服的道路上败下阵来。

据说默多克曾经一度认为邓文迪很有才能，对她寄予过厚

望。老头儿不是没帮过她，也不是没有给过她机会，但是正如前文所述，作为默多克的妻子，她的影响力始终是有限的。看看《傲骨贤妻》里，州长想帮助妻子时的谨小慎微，大老板戴安不顾公司利益落到被赶出董事会的下场，就知道在那个社会的游戏规则里，无论是国家权力还是公司权力，都是被关在笼子里的，最大的股东也会受到法律制约不可能为所欲为，默多克当然能帮助邓文迪，然而这帮助不是无限制的。

默多克是商业奇才而不是封建君主。更何况人家即使 85 岁了，也并不是一个老糊涂。对这段婚姻结束的原因有很多猜测，我想最简单的原因就是对于默多克来说，邓文迪用 14 年时间证明了她不是一个好的事业盟友和生活伴侣，而以她征服世界的强势野心和破坏程度来说，继续这段婚姻反而会在他死后对自己所建立的帝国潜在危害更大。所以要在死之前把她轰出家门，以绝后患。

一个人的时间花在什么地方是看得见的，征服男人的才能就是征服男人的才能，这和征服世界的才能不是一回事，纵观美国的历史，这个国家从没出现过仅仅通过这种路径就成功的吕雉或者慈禧，“女人靠征服男人征服世界”在这里是行不通的，没有点真本事，你征服了男人之后，一样征服不了世界，当然你也可以继续征服下一个男人，但那也还是征服一个男人而已。

靠征服男人来征服世界并不是大逆不道的做法，只是技术

上可否实现有待商榷，另外这种思想太古老，有些 out，听起来实在不那么酷。在《傲骨贤妻》后来的剧情中，阿丽西娅宣布参加竞选，曾经站在台上由她来做陪衬的州长大人，这次站在她的身后为她做陪衬，这是她依靠毫不退缩据理力争来的，在此之前，州长先生终于得空来参观妻子创业的新办公室，在妻子没有钱装修的毛坯房里，丈夫鼓励妻子说，“我仿佛能看到你将从这里开始征服世界”。我们不必把这样的话过分美化，但是却可以从这句话里看到从过去到现在，从 1969 年到 1998 年，到 2005 年，到 2013 年，美国人的观念一直在变化，在进步，而在中国，大家还停留在过去，在讨论着女人要用什么样的方式来征服男人，从而征服世界。不得不说，彼岸的世界，和我们的世界，并不是一个世界，也许默多克也对邓文迪有过如此期望吧，可惜她是太传统的中国女性，只会征服男人，征服世界这件事，她终究没本事做到。

老男人的自设牢笼

中国的男人大多数把功成名就后再取个嫩妻当做男人有本事、有能力的标志之一，当年高晓松和他的前妻无疑是很多男人心中的一个“成功典范”的标配夫妻。2007 年，38 岁的高晓松迎娶 19 岁的夕又米，后来他在接受媒体采访时对记者说：“她跟我一起的时候还很年轻，甚至还没进入社会，所以她的基本世界观都是我塑造的。相比之下，找一个年龄比较大的、被周围圈子的人塑造出来后你再去改的妻子，多累人啊，而且更容易产生分歧。我老婆对这个世界的看法，甚至听什么音乐、看什么电影，都是受我影响的，所以我们大部分的想法都很一致，我觉得这样很幸福。”我清楚地记得当时这段话被各大媒体转载，引起很多争议。结果还不到五年，说出此话的男人就

推翻了自己，向妻子提出了离婚，在妻子发表的声明中，我们得知高晓松提出离婚的理由是：“在一起生活他感到不快乐，他想要更多的自由和创作空间。”很多人吐槽高晓松这个理由，我却觉得可以理解。

其实回头看看高晓松当初的话，我还是明白男人想要找嫩妻的种种理由的，并不能说那只是因为贪图年轻的肉体。毕竟男人和女人来自不同的两个星球，沟通起来是有困难的。对于男人来说，一个有独立思想、个人意志，各方面与自己智商情商都匹配的女人，一旦争论起来，也会是势均力敌的对手，吵起架来只会更令人抓狂，所以高晓松选择了一个至少他认为是 easy 模式的婚姻。我猜他当年一定觉得这是一个聪明的选择，因为对方的整个人格都是自己塑造的，就好像这世界上的另一个“我”，这简直可以一劳永逸地解决所有婚姻中的问题。可是一个人也许要真的一脚踏进来，才会明白带孩子其实是个特累人的事儿，虽然他家境良好，不至于这样操劳，但是彻底塑造一个 19 岁姑娘的三观，也绝非男人们想象的那么简单。硬币总有正反两面，世界上的事莫不如此，这样 easy 的婚姻模式，往好处说是一切尽在自己掌握，往不好处说呢，就是事事都必须操心，“听什么音乐、看什么电影都是我决定”这种事只是听上去很美好，可换个角度想想，那就是对方连听什么音乐、看什么电影这种事都要你跟着操心，手把手地教。而且越是你

一手带大全面控制的孩子，越是会全方位地依赖你，最后生活情感都不能自理，有一天你发现当初本是为了图省心所作出的“聪明”的决定，到最后成为了自设的牢笼，于是又想要冲出去。其实我常常看到女人批判男人找嫩妻，是对女性的不尊重，将女性当宠物养，我倒觉得男人真要这么想，也没什么可指责的，毕竟都是成年人之间的自由选择，只要是你情我愿，别人也无可厚非。只不过大多数人忘记了，这个世界上还有猫奴、狗奴之说。夕又米在她的声明中说：“我在 20 岁时就做了母亲，一直觉得，自己还是个没长大的孩子。和女儿在一起，我总是嘻嘻哈哈，姐妹相称，疯玩疯闹，却从未真正考虑过生活的残酷。”看到这句话其实我很理解高晓松说他“不快乐，想要自由和创作空间”，带孩子很辛苦，带着两个女儿的男人也不容易，虽然这不容易是他自找的。

找一个嫩妻，彻底塑造她的价值观，就可以解决婚姻中的种种纠纷，一切尽在自己的掌握，这样就既有婚姻，又能保留自己在婚姻中的自由。这大概是很多男人理想中解决婚姻问题的方式，说白了，就是当个封建家长。可惜这并不总是行得通，封建家长也有承担封建家长的责任，每天操心一家子的吃喝拉撒睡，哪还有心情琢磨什么诗和远方。今天早上我看到一句话，是曾经当过足球守门员的加缪说的：“我明白了足球永远不会从你预料的方向过来。”有时候我们总觉得我们已经有足够的

智慧设计好自己的人生、自己的婚姻，想依靠某种模式一劳永逸地解决问题，结果最后却发现自己只是设计好了自己的牢笼。不过，生活本来就是如此吧。无所谓对错，谁都是在摸着石头过河。

公狮子的传说

最近在看《乌鸦》，这是一本很有趣的文化小书，主要内容是讲很多关于乌鸦的神话和典故，当然在开始讲这些之前，也介绍了一些乌鸦的习性。比方说乌鸦是最像人类的鸟类，它们很聪明，且有幽默感，它们像人类社会一样奉行一夫一妻制，乌鸦的家庭也像人类一样，不会急于把刚出生的小乌鸦轰出去过独立生活，而是等它们长了好几年才开始自立门户。前阵日子参加一个饭局，人们聊起男人出轨这种事来，在座有男人举公狮子为例，认为男人就是公狮子，人类的动物属性决定了一夫多妻是天经地义的事儿，“你看到过一只公狮子只和一只母狮子交配吗？”男人说，“那是违反天性的。”

男人这样自比为公狮子，我听说过不止一次了，反正每次

碰到这种话题，总有男人得意洋洋地把公狮子祭出来，塑造自己高大威猛的形象。作为对《动物世界》兴趣浓厚的人，有一次我实在是忍不住了，就告诉了男人们我所了解的关于狮子的一点小知识。其实狮群是一个母系社会，大多数母狮子们从出生到死都会待在一起，她们负责生儿育女，打猎，抓来的猎物会先让公狮子吃，然后是母狮子，最后才是小狮子，公狮子当然也参加狩猎，但是它最主要的任务还是晒太阳，一天睡 20 多个小时，把自己精神头养好了之后和母狮子交配。说到这个最让男人感到自豪的环节就更有意思了，公狮子在发情期，最多可以达到每天交配 120 多次，也就是说这一天里，每 10 到 15 分钟就要交配一次，几乎是成天在母狮子们的身上蹿来蹿去，之所以会这样的原因，可不是因为公狮子身体好，性欲强，而是因为狮子精子质量低下，需要多次交配才能确保母狮子受孕。通常情况下，一只带头的公狮子在一个狮群里也就可以待两年左右，两年后，会有更年轻更强壮的公狮子把原来的公狮子给撵走，母狮子对此不会有任何意见，当然也有波西米亚范儿的公狮子，自己待腻歪脱离狮群出去流浪的，或者母狮子偶尔长情让他多待几年的。总之草原上晃悠着一堆无家可归的流浪汉，有小伙子，也有中年男，还有被打败的老头子，运气好的，有能力的公狮子也许还可以征服新的狮群，实在不济的，也就只能孤独地浪荡到死了。男人们总自比为公狮子，可是男人真的

想只被女人视为精子库，用完之后就被女人撵出去流浪吗？

我记得我当时说破这些，在座的男性都表示了对我的不满。其实吧，哪个具体的男人对两性关系有什么看法，我根本不在乎，想多搞几个女人很正常，大大方方地说您自己想就得了，这是光明正大的事，我所不喜的，只是他们总拉着狮子出来垫背，证明自己的行为合理化。我只是单纯地喜欢动物，尊重自然，更是喜欢狮子，所以每每看着男人们总是自比雄狮，就忍不住打心眼儿里特想犯坏。特想问一句，大哥，莫非你是想说自己时间短吗？由此可见，爱学习的姑娘果然是爱捣蛋的危险分子。爱看《动物世界》的姑娘也很反动！所以像我这样的家伙还整天乱写文章，瞎说大实话，得教坏多少“好姑娘”啊。

| 大拧巴时代的爱情 |

正在做饭的时候朋友打电话来闲聊几句，讲了她一个姐们的事，说是一对小情侣漂在北京，感情不错要结婚，男方的父母过来住几日，婆婆无法接受女孩养猫，要求把猫送走，双方僵持起来，最后闹到未来婆婆说“有我没猫，有猫没我”的地步；她又讲另一件很小很平常的事，是再之前，这个女孩到男方老家去看望其父母，全家人等着未来媳妇做饭，吃完饭，全家人又等着新媳妇收拾桌子。不消说，后面又是一地鸡毛的战斗。朋友问这种事有解决办法没？我给她讲起曾经听过的一个故事：一个白人到印第安部落去搞调查，一个印第安老人给他做向导，白人发现老人每走一段时间就会坐在路边的大石头歇一歇，好像在等什么，于是问老人，请问您在等什么？老人说，

我在等我的灵魂，我们的身体走得太快了，灵魂会跟不上，必须要停下来，等灵魂追上来。否则魂儿就丢了。

我想如果把一个社会比做一个人，那么经济，城市建设，盖大楼，修立交桥这些物质的东西就像是我们的身体，而这个社会的文明进步，精神生活，人心中的信仰，老百姓世俗生活的观念和习惯，就像是这个国家的灵魂。这几年，我们这个国家的经济就像火箭上天一样地增长，我们的身体跑得太快了，从来没有停下过，而我们的灵魂早就被急速飞奔的身体甩得没有了踪影，主流价值观正在被摧枯拉朽地毁坏，而新的价值观的建立却没有跟上起来，回头一看，三观碎一地，节操碎一地，爱情碎一地，信仰碎一地，一切都散落一地的碎片，我们的魂儿早就丢了。

所以这就是一个拧巴的时代，一切都很拧巴。我对朋友说，在这种经济飞速发展的社会中生活着，大多数人都被甩得找不到北了，直接作用于老百姓的日常生活，就像你朋友这对小情侣的问题，其实这在中国十分普遍，我国传统上是个父权社会，重男轻女的问题很严重，但是搞计划生育这么多年，当年的独生子女已经长大，很多家里有独生女儿的家庭也十分富裕，他们给自己的女儿良好的教育，姑娘们也和男孩一样得到家族有力的经济支持做后盾。因为是家里唯一的孩子，这些家庭教育女孩的方式也会和传统家庭不同，父母要把姑娘们培养

成自己家族未来的接班人，这就使得中国新一代，特别是生活在大城市中的年轻女性，有了更多独立自主的意识。而中国独生子的家庭呢？他们在教育方法上，并没有改变太多，于是很多家长还用传统的男尊女卑的思想教育男孩，对爱情，对女性，对婚姻的观念都衔接着计划生育前的传统思想。于是这样的男孩和这样的女孩长大成人后，相遇相爱了，他们之间的矛盾就很明显了。记得之前读新闻，上海有个明星调解员柏阿姨说，“贞操是最好的嫁妆”。当时很多人都很吃惊，还有好多人骂她。但是我的理解是，这位柏阿姨大概生的是一个儿子，所以才会说出这样的话来。她还在用她那个时代的观念去解决男女之间的问题。殊不知，现在的姑娘们要面对的生存环境和她那个时代早就大不相同，当年她们那个时代的女人，如果丈夫有外遇，很多人都去寻求组织的帮助，依靠社会力量保护自己的婚姻，而现在姑娘们能依靠谁呢？我生于七十年代，我们那一代人的父母中，很多人还有着姑娘归根结底是给别人养的老观念，给女孩子的婚恋教育，还是比较男权的。从前的女孩，父母总会告诉她们，万事忍耐，一切以保住婚姻为前提，女人一旦离了婚，再回到娘家，只能被看做一个累赘，而现在很多女孩的父母则不同，他们没有嫁出去的姑娘泼出去的水这种旧观念，女儿永远是自己的，她们过得不好，没有被善待，父母就支持她重新选择生活的大有人在。现在的年轻姑娘们有强大的原生家

庭做后盾，自己又是有学识，有见识，能赚钱，能独立生活，她们的选择比从前更多，生存的方式也更多样化，再要求她们像我们那个时代大多数的女孩那样，真的不大可能了。经济基础决定上层建筑，我想这才是越来越多的姑娘一直单身的缘故，如果没有遇到什么人，那么她们也不需要像我们那个年代的女孩一样，必须要投奔一段婚姻才行，她们有能力让自己的生活过得更好。这不是某一个女人的思想不安分，而是这个大时代、这个国家的飞速造成的，是这些客观事实促成了人心的改变，可是中国的男孩子们呢？他们好多人虽然年轻，但是接受着传统的男尊女卑的教育长大的，还活在旧时代里。于是这样爱情遇到这样的大时代，就很容易被弄拧巴了。

身体走得太快了，灵魂跟不上了，女人走得太快了，男人跟不上了。传统文化当然有其糟粕，但是它毕竟是自成体系，相对十分完整地，缓慢地发展着。而现代中国社会中，人和人之间的思想差距之大，步调不一致超出我们的想象，有些人的思想已经前进到了 2020 年，有些人生活在 2015 年的当下，有些人生活在十年前，有些人则恨不得倒退回一百年前去寻求答案。我们这个大拧巴的时代，一切都错综复杂地拧巴着，相知相爱也比从前更不容易。这条奇怪的路没有人走过，很多矛盾和困境，也没有人经历过。所以只能由年轻人自己走，至于真的走到哪里去，是否能得到幸福，就得看各人的造化了。我们

的小爱情，其实并没有办法摆脱大时代的现实而独活，所有的爱情都会带着它的时代烙印。这都是大拧巴时代的必然结果，是时代的选择，这不仅仅是谁的个人的原因，大家只能互相体谅，而男人们，特别是男人们，我们也只能寄予他们希望，因为时代车轮向前走，爱情和婚姻也只能与时俱进。有些问题不是把女人拽回到旧时代就可以解决的。唯一能让人稍感欣慰的是，我们都生活在这个大时代，没有人能够逃脱这大时代的命运，这一点倒是对所有人都是公平的。

那个和你一起吃路边摊的姑娘，为什么没能陪你到最后

认识S君和D小姐的时候，他们还没有谈恋爱，那时候S君和D小姐在一个办公室，渐渐地爱上了，也不做声，每天在网上没事儿人似的聊天，我和S君说话比较多，有一天他半夜告知我此事，这两个都是低调、单纯而朴实、我心中喜欢的好孩子，听到这个消息，特别为他们高兴。我还记得S君当时可爱的样子，这是两个人的初恋。

后来一段工作结束了，S君家境普通，没什么背景，就提出到深圳去闯一闯，D小姐二话没说，打包了行李就跟他走了。

一晃几年过去，有一次我途经他们共同生活工作的城市，看望他们并在他家小住，D小姐的变化令我吃惊，从前那个还有些婴儿肥的毛丫头，现在已经出落得亭亭玉立，颇有女人味

了。S 君的变化到不大，还是一副刚出校门时朴素的学生模样。后来我离开他们家，朋友的司机开车过来接我，他们两个陪着我等车，等我上了车，司机小哥就跟我说，那姑娘挺漂亮，旁边是她男朋友？我说是啊，小哥就说，不咋般配啊。我说，两个人感情好着呢。

当然了，在一起过日子，鸡毛蒜皮的琐事，性格上的差异对感情的磨损怎么可能没有呢。但是这些我们就不大清楚了，估计也跟大多数情侣一样，可以想象得到。

又过了几年，他们所在城市的发展也不看好，于是双双回到了原来的城市，大家各忙各的，彼此都没时间说话，有一天 S 君在网上叫住我，我俩聊了聊，才知道他和 D 小姐已经分手了，作为老朋友和情感见证人，问问为什么也不是过分的事。S 君给我讲了他们后期在外地以及回来后的事情，情况很复杂，主要是一些经济上的问题，我感到很惋惜，可是 S 君家确实不富裕，这也是个客观事实，而且 D 小姐也许久不出现，所以多说无益，大家就又聊了几句别的，各自散去。

终于有一天，我回到原来的城市，和 D 小姐在一起吃饭，这一次只有我们两个人，就顺理成章地聊起这个事来，D 小姐只是轻描淡写地说了一下后来的情况，大概是家中后来突遭巨大变故，当然这里也有经济的问题，D 小姐独自一人回来处理一切，S 君此时的表现就有点孩子气，给的支持也有点不那

么给力。再加上后面发生的一些事促使D小姐下了决心离开，因为她实在太伤心了。我说，我还以为是经济问题。D小姐说，是S君说的吧，他如果觉得是经济问题，那就随他吧。

因为D小姐不想再谈论此事，我也就没有再跟人提过，再后来有一次，是很多老朋友一起吃饭，S君来了，D小姐没在，大家都知道S君还对D小姐念念不忘，就七嘴八舌地审讯起S君来，觉得这样放弃了太可惜，也许大家可以帮着撮合撮合，只有我这个知情的人反倒没吭声。大家都追问，到底为什么两个人会分手。S君被追问得尴尬，只好笼统地回答，因为经济问题。

令我没想到的是，我以为大家就会淡淡地安慰几句就算了，然而一桌子的男男女女，老老少少，都开始数落起S君，女孩子说D小姐不是那种人，男生说肯定不是钱的事儿。一个老大哥给出的话最一语中的，他说我不知道你们之间交往的那些细节，但是一个姑娘，把她最好的几年都给了你，什么都给了你，跟你去流浪，当初你就穷，人家也跟你了，最后跟你分手，你如果还认为这是因为经济问题，那就是你有问题了！我听了这些话，真的是太爱我的这些朋友们了。

S君知道我和D小姐见过面，就悄悄地问我，D小姐是不是在交往新男朋友了，我说是的，S君就说，那我就明白了。唉，他又明白了，可是他明白什么啊。

前一段日子，看到乐嘉的一段微博，大意是说自己初恋的时候，有一个姑娘很爱他，可是那时候乐嘉人又穷又桀骜不驯，就觉得你爱我你就应该证明给我看，最后有一天，姑娘终于跑掉了，确实跟了个有钱人，于是乐嘉就又觉得姑娘是因为嫌贫爱富，着实去跟姑娘纠缠闹腾了一阵子。直到很多年后的今天，乐嘉老师自己也成熟了，有钱有地位了，可以心平气和地想这段往事，才真的承认，姑娘当初跟他分手，不是因为嫌他穷。

D 小姐从 23 岁的时候和 S 君在一起，奔走天涯，漂泊异乡，租狭小的破房子住，S 君偶尔失业的时候，也义无反顾地赚钱养家，到分手的时候，这段感情历经四五年，D 小姐已经快三十了。她不是为了要去坐在宝马车里哭，才离开的。我经常听到年轻的男孩抱怨现在的姑娘都虚荣，爱钱，只想找高富帅，可是另一方面，当他们真的遇到了一个不嫌贫爱富的好姑娘时，却不懂得怎么珍惜。最后一归结呢，总觉得是经济原因，全世界的姑娘都是嫌贫爱富。

很多姑娘是宁可坐在宝马车里哭，但依然有很多姑娘是愿意和你在自行车后座上笑。如果她有一天离开了你的自行车，是因为你把她弄哭了。眼泪流干了的时候，人就再也留不住了。S 君是个好男孩，D 小姐也是个好姑娘，可惜有时候男孩和女孩的成熟太不同步了，我想这篇文章，如果能让男孩们用另外

一种方式，换个角度看待问题，也许很多爱情可以走到最后。

最后，我衷心祝福每个好男孩都有好姑娘来爱，也希望男孩们能早日成熟，懂得珍惜，和爱他们的好姑娘们最后得到幸福……

217-310 chapter 3

承认吧，其实你们喜欢文艺青年

不管全世界所有人怎么说，我都认为自己的感受才是正确的。无论别人怎么看，我绝不打乱自己的节奏。喜欢的事自然可以坚持，不喜欢怎么也长久不了。

——村上春树

| 法国式性感和日本式性感 |

在网上看到一组2011年*Vogue*法国版香艳月历，非常惊艳，照片中的模特女郎几乎全身赤裸，只身着朴素的裸色全透明内衣和珍珠项链，嘴里叼着烟，懒散地躺在铺着真丝床单的床上，一副懒散与不屑的表情，是典型的法国女人的表情。这组照片完全将我征服了，即使身为一个同性，依然一下被照片中的这个女人迷住了，因为太爱这肉体，也迷恋地盯着看了许久，既向往自己是照片中人，又觉得如果是和这照片中的女人谈一场同性之恋，我都是可以接受的。

虽然我一向喜欢欣赏法国女人，但是这组照片还是让我对法国女人的性感之处多了新的了解。法国女人真正的迷人之处，并非仅仅在于她们会穿衣打扮，也非在她们姣好曼妙的身材，

而是在于她们每一个人都是独特的个体，以及每个女人都有层次丰富复杂的个性，既优雅柔软，又孤独疏离，既放浪形骸，又脆弱顺服。她们的魅力在于，你绝对无法用一个符号或者贴标签的方式简单地概括她们任何一个人，这使得她们身上有一种神秘感，这神秘感来自于她们的人性中有很多种不同的可能性。就像这照片中的女孩，当你看到她，可以想象出很多不同版本的故事，她可能是一个妓女，也可能是贵妇，可能是强势的女王，也可能化身女奴，甚至她可能是异性恋，也可能是同性恋。她既复杂又单纯，但更为重要的是，你一看到她，便知道，这可不是能够随便被人了解和吃定的那种女人，即便你进入她的身体一千次，却依然会觉得她不属于自己，谁也不能完全将她占有，于是便渴望着第一千零一次地向她进军。她每一天都不同，变化多端，却绝不是那种做作的角色扮演，她就是她，自然舒展的状态，她既有母性的一面，又像个 bitch，也像个孩子，她的秘密只等着你自己去发现。这谜一样的尤物，连我都有探索她的欲望，同时又希望自己也可以像她这样。要知道这世界上的大多数女人，在亲密接触之后，神秘感多半都会消失殆尽，而法国女人却最是女神辈出的国度，想来也正因如此。

无独有偶的是，在这组照片正流行之际，一组日本的女中学生写真集也在网上流传，两相对比，非常有趣。写真中并没有出现任何一个女孩子的面孔，多半是女孩们身体局部的特

写，譬如未发育完全的胸部，超短裙的裙底等等，照片的色调是时兴的日式唯美清新的风格，传说中这组写真在日本大受欢迎，被卖断货。虽然日本人的性观念开放，审美也是百花齐放，但是这组照片的走红，可以说是对典型日式性感的一个有趣的表现。在我看来，这种日式性感，主要是依赖一种人和人之间的关系所制造出来的性感，它令人遐想无穷的，并不是每个个体的个性本身，而是人的身份，比如怪蜀黍和萝莉，老师和学生，办公室里的领导和下属，在这样的一种关系中，禁忌造成了张力，使得这种关系非常性感，所以它愈发需要下流和龌龊的性欲来对比台面上的那些道貌岸然，越对比便越性感，越下流，越龌龊，越性感。在公车上，地铁里，教室里那种公共场合造成的禁忌的环境才性感，日本人情趣小旅馆里都是模仿的什么教室啊，公车啊，玩 cosplay，搞些偷窥啊，其实就是寻找这种关系带来的禁忌下的性感。在这样的关系里，在特定的环境中，人作为个体，他的个性到底是什么样的，反倒不那么重要。对于怪蜀黍来说，这个萝莉和那个萝莉之间的区别并不大，更重要的是她们的年龄，以及身份，因此这组照片才有意地抹掉了所有的面孔，将镜头全部聚焦在了少女尚未发育的身体上。

这种禁忌带来的性吸引力，用电影《迷失东京》里的一段来进一步解释更说明问题。在《迷失东京》里，比尔 · 莫瑞

（Bill Murray）扮演的男主角到东京出差，日本方面作为乙方盛情地招待他，甚至为他叫了一位小姐。男主角正处于人生低谷，情绪沮丧，不在状态之中，并不想做什么，但这位小姐很敬业，她一定要完成工作，于是尽力地勾引男主角。结果两个人在一通撕扯之中，小姐就使一个绊把这美国哥们绊倒了，她的双腿死死夹着美国哥们不让他起来，一边撕扯自己的衣服，口中却在狂叫："不要啊！不要啊！"男主角完全傻掉了，作为一个美国男人，他怎么也搞不懂这位女士到底想干什么。

总的来说，在所有不同风格的性感中，法式性感大概算是最复杂的一种性感，因为法国女神可以把有思想、有个性、人格独立的女性，和性幻想对象合体，确实达到了"过上流生活，享下流情欲"的大成境界。相比之下，日式性感中，"性"的成分被割裂出来，更极致，性的意味更纯粹。而且日本人也凭着他们对任何事都认真的精神，把他们对"性关系"的经营和想象做到了细致入微，也是自成风格。但无论如何，这两组来自不同国家的照片都说明一个对性感的共识，那就是高级的性感，绝不是穿着暴露、极尽风骚就可以，而是要给人留有无限的想象和意淫的空间。

至于中国式的性感，我身为一个中国女人，竟然说不出那是什么。只能说，中国人很多是美的，性感也是有的，但是并不多，也还远远谈不上形成了一种风格。毕竟我们国家曾经是

那么保守，能够公开谈论性话题也没有几年，再者这种高级的性感，还是建立在社会经济发达的基础之上的形而上的产物，也许未来会有中国式的性感，但那又需是另话了。

| 对自己，要公平 |

前阵子一个朋友出书，发了封面设计给我征求意见，我和另外一个朋友看完都觉得不好，分别写信告诉她我们的意见，我更是直接告诉她，我感觉这个设计师可能不大对。朋友是个老实又懂事的姑娘，听了我们的意见为难起来，说这个设计师是朋友的朋友，半生不熟的关系，反倒难说，想凑合着把设计改一改勉强着用。我又写信给她，让她换个角度来想一想，如果这不是她自己的书，而是她的本职工作，如果她换做一个图书编辑，要为出版社负责，为作者负责，她是否会很较真地要求那位设计师朋友改，甚至干脆换个设计师呢？最后我说，你对自己要公平。话不知道是不是听进去了，但是最后设计师又重新做了设计，的确比原来好了很多。

今天出门办事的时候，我在大风里走着，因为看了另外一个朋友写的年终总结，朋友说他做杂志的时候，是一个执行力很强的人，现在自己出来做自由职业了，反倒执行能力变弱了。我看完很感慨，因为我自己也有这样的问题。如果同样的一件事需要开口求人，或者做起来很麻烦，我就会退缩，拖拖拉拉地不愿意去完成，但是如果这是工作上的职责所在，我很可能会不怕丢人，咬咬牙去做了，也不怕丢脸地四处求人，最后不仅常常办成了，还会超水平发挥，相反如果是自己的事，很多时候会认怂算了。再比如出外办事要花公司的钱，因为会担心被老总说太浪费，所以总是斤斤计较地和人讲价，可如果花的是自己的钱，就怎么也抹不开这个脸儿，多花几个钱也认了。很多事情因为觉得跟老板没得商量，就努力去完成，跟自己可以打商量，找借口，常常敷衍了事。日子长了，我发现我这样的做法恰恰是最傻的，我发现那些最后成功的做成事情的人，大多数都会为了自己的事儿不遗余力地折腾，从来都不需要别人去推动他们。其实他们很多人论才能和机会也未必都比我们好太多，可是为什么人家能够把事情做成呢？我想这个态度的差异，也许很关键吧。

这个思维习惯不仅仅是我有，我身边的很多朋友也有，这很有意思，我不大好说它是怎么形成的，但是我猜这大概和我们从小所受的集体主义教育有关，我的父母是那种把集体的事

都当成天大的事，自己家里天大的事都当成小事的人，我们从小在家里、在学校受到这样的教育，所以天然地对重视个人的需求感到羞耻。比如现在我们作者要出书，难免要用微博为自己做一点宣传，我常常看到我的朋友们都用很谦卑和抱歉的措辞方式，但是即便是这样，依然会有些人表示不满，认为你不应该为自己做宣传。我想这些人可能是被那种传统的价值观教育出来的，觉得凡是“我的”事，都是一个人的“私心”，你应该为你有私心而感到羞愧，怎么反倒好意思出来宣传。我猜想，这些人可能对自己也不是很公平的，因此才理直气壮地觉得别人也应该这样。正是这种可悲的氛围，一代一代地熏陶着我们长大，慢慢地形成了一种对待自我反倒是不那么公平的态度。我在文章开头提到的那位朋友，以我对她的了解，如果那只是她的一份工作，她一定会公事公办，绝不至于感到为难的。要知道，当年她可是曾经为了一篇稿子强迫我改三遍的认真的人啊。

原来这么长时间，我竟然对自己如此不公平，并没有拿出全力来理直气壮地追求自我，这个发现让我非常吃惊，如果我自己都拿自己当后娘养的，我又怎么能怪别人对我不公平呢。我把这件事想清楚了之后，彻底下了一个决心，从今以后，我要把自己的事当成公事来办，用工作的劲头和态度去办自己的事。对自己，要公平，我打算用这样一种全新的方式对待自己，

要像伺候老板一样伺候自己，想到这里，觉得这人生真有意思，你活到这么大，还能明白个把新鲜的道理，搞出点新花样，尝试着用新的角度去看自己，换一种方式往前走，至于走到什么地步，走走看好了。能做好那么多工作的人，只要是用心为自己这个老板工作，想必也不会太差吧。

| 请把健康当成你的责任 |

一个 23 岁的女孩前几天因为急性胃溃疡死了，发消息的是女孩的朋友，人们去女孩的微博上看，12 月 14 日下午 5 点 20 分，女孩发微博：求胃药，疼死了，15 日下午 4 点，又在医院发微博，感慨生离死别，多珍惜身边人，然后，人据说就死了。微博上这件事作为热点被大家讨论了两天就过去了，媒体开始做胃病、过劳死等专题，一个人来了，一个人走了，成了微博热点，也就是这样了，除了在最亲近的人心里留下了痕迹，难以愈合的伤痛，很快就被这个世界遗忘了，就像从来不曾存在过一样。

我的爸爸在我很小的时候就得了脑出血半身不遂，瘫痪了十七年之后，在 2007 年的大年初二去世。生病前，他是一个

身体健康、活力四射、平时连感冒都不会得的人，也正因为如此，他对自己的健康总是盲目地乐观和自信，明知道自己有高血压，却经常因为忙于事业而忘记吃药，最后终于在某个夏天淋了一场大雨之后，突发脑出血。

我们全家人的生活从此都被改变，我当时还是懵懂无知的少年，不知道恐惧，很多对我的影响要日后才慢慢体会，十几岁的小女孩，从此学会懂事，不再给家人添麻烦，再也没有了父亲的保护，什么都要靠自己。我在失去父亲的庇佑的同时，其时也失去了母亲的关怀。可是这又有什么办法呢？父亲病倒时，母亲才 50 岁，因为要全力照顾瘫痪的父亲，撑起这个家，已是步步艰辛，非常辛苦，医生说，这种瘫痪病人，如果家人好好照顾，最多只能活十年，可是在母亲的照料下，父亲活了整整十七年。在这十七年里，我眼看着母亲从曾经丰润美丽的女人，熬成一个干瘪的老太太，十七年里寸步不离地伺候父亲，再也没有逛街、吃饭等任何娱乐项目，和她的朋友们聚会也成了奢侈，更别提像我同龄朋友的爸爸妈妈那样出门旅行。在这样的情况下，我唯一能做的也只是尽自己的本分不给大人添乱，成长中多少痛苦和无助都是自己承受的，多少眼泪都是自己独自吞咽，被人欺负也不敢回家去哭。更别说高考、择业、恋爱这些大事，都全凭自己少年心气闭眼瞎摸索，走了不少弯路，吃了很多亏。最难的一段时间里，和相恋多年的男友分手，时

值住了三十多年的老房子要拆迁，母亲收拾屋子时摔断了手，一条手臂粉碎性骨折，床上躺着瘫痪的老爸，我当时正在学校上课，赶上期中考试，每天要去学校从早自习忙到晚自习。父亲去世前的三年，我和母亲的大年三十都是在医院里度过的，一次次地签病危通知书。因为不知道可以跟谁去哭，所以也就没有再哭了，反正也习惯了，那就不要想太多，还是面对吧，但是有时候还是忍不住会幻想一下，如果父亲当年在发病的那天记得吃降压药该有多好啊。也许我的命运会有很大不同吧。

前些日子，母亲从美国打电话来，说也许是因为低血糖的缘故，发生了昏迷状况，因为刚到美国，医疗保险还不能使用，看病很贵，所以她和好多老人一样，坚持不肯去医院看病，直说自己没有事。我平时是舍不得跟她发火的，可是这一次，我拿着电话隔着太平洋冲母亲发飙，逼她去看病，我对她说，如果我爸当年肯注意一下自己的身体，何至于半身不遂，我何至于从小受这么多的苦，你何至于遭这么多的罪？身为子女，我是爱你们的，我也不抱怨什么，但是，就算是为了我们着想，去看病也是你的责任。我们真的都怕了。

母亲听了我的话，沉默了一下，然后同意去看病了。

那个 23 岁的姑娘，和我的父亲一样，是一个对自己的健康毫不在意、随便糟蹋自己身体的人，看到她满不在乎地写下

“长期睡前洗头种下了我的偏头痛，每天晚上9点后进食，吃完就睡养成了我的胃出血”。让我想起了我的父亲，我的心中有些生气。我相信人的身体是属于自己的，他们有随意处置自己身体的权利，可是作为一个十七年的病人家属，千言万语都无法向你描述家中有病人，是一件多么消耗人、折磨人、令人痛苦的事，不仅仅是你自己的一生都会被其改变，你家里所有人都要跟着受罪。如果是命运安排天生体弱多病也就认了，可是有些人明明有健康的身体，却把它当垃圾一样地糟蹋掉，这真是对爱你的人最大的不负责任。因为只有爱你的人才会在乎你的健康，他们的人生和你紧紧绑在一起，无论你生老病死都不会弃你而去。不爱你的人无所谓，不出一言责备，因为他们知道自己随时可以转身走开。

我从来不喜欢把责任二字挂在嘴边，我总觉得一个人有自由选择死，选择自杀，可是只要你选择活一天，就请尽量健康地活下去，不要因为疾病让爱你的人受苦，留下遗憾。这是在所有的事情当中，你为爱你的人所能做到的最重要的事，没有之一。我这辈子最大的遗憾，就是很多事从未和父亲一起做过，当初我还小，他总觉得以后还有机会，所以每次看到朋友带着父母一起旅行，一起去饭店吃饭，一起逛书店，一起看电影我就羡慕不已……说来也奇怪，我时常想起我的父亲，记起的总是他生病时候坐在轮椅里的模样，然而那形象却是模糊的，远

不如我梦见他的时候看得真切，在梦里，他总是健步如飞，面色红润，笑声朗朗，唱着他喜欢的歌。有一次因为那梦境太真切了，竟然哭醒，坐在床上愣怔了半天，一时分不清哪一个是现实哪一个是梦。

希望不该发生的事，不要再发生，希望每一个为人父、为人母、为人子女的人，多替爱你的人想想，好好保重自己的身体，担当起这份健康的责任。希望大家所爱的人身体都健康，也希望我的家人，我爱的人身体健康。这就算是我对大家的一个祝福吧，虽然这祝福……严厉了点。

| 为人父母，皆是罪过 |

两年前的某个夏天的午后，我和我的朋友 J 在颐和园散步。J 是我的小学同学、高中同学、大学同学，小时候，J 的家离我家只隔一条街，我经常去她家玩，她全家连同她的猫我都认识，她和我的父母也很熟。有一年寒假，我妈在街上碰到她，回来就跟我说，J 这孩子真是命苦，听说她妈又住院了。J 的妈妈在她 4 岁的时候就开始生病，身体一直不好，常常住院，后来在那一年的冬天去世了。高中的时候我们一群女生一起吃饭，大家都等着看我打开饭盒，因为我妈装的盒饭总是特别好看，红的香肠，绿的青菜，黄的鸡蛋。可是 J 打开饭盒，常常一个星期都是素鸡豆腐配米饭，这是没人疼没人爱的孩子的午餐，我实在看不下去，就把自己的菜分给她，后来她也不带饭

了，每天中午都往家跑，她说她得回家喂猫，她特别爱她的猫，除了她妈妈，总觉得全世界只有这只猫和她相依为命。

我们长大后各奔东西，重新在北京相遇时，J已经结婚好几年，有稳定的工作，和睦的家庭，老公是个生活能力很强很踏实的好男人，想要孩子，可是J因为童年的心理阴影，一直对做母亲心怀恐惧。那天下午，我们坐在昆明湖边，她第一次真正给我描述了她的童年，我才知道原来少年时我一直搞错了她家里的状况，我曾以为她那不拘言笑、令人畏惧的妈妈其实是个很懦弱的女人，而她的爸爸，那位从来见到我都笑眯眯的叔叔，却原来是脾气暴躁可怕的男人。用J的话说，这也是继承了家族传统，他爸爸整个一大家子人都是城邦暴力团，她小时候曾经目睹过奶奶和姑姑在地上扭打，一次在奶奶家，奶奶站在屋子中央叉着腰骂叔叔，正在切菜的叔叔就直接把菜刀扔向了奶奶，奶奶一偏头把菜刀躲了过去，直奔站在奶奶身后的J面门而来，J顺势一低头，菜刀就插进了她脑后的窗棂上。我听到这里就大笑，说没想到你还有这么敏捷的身手啊。J说是啊从小他爸暴打她哥，她哥就打她撒气，她曾埋怨妈妈为什么要跟爸爸结婚。这么多年过去了，J内心的怨恨早已不在，但是她的内心深处却始终不相信血缘和亲情，她不想做母亲，说人活着太苦了，不想生下个孩子到世间来受苦。

我不知道该说些什么，就给J讲了之前我回家乡遇到W

的事。W 是我和 J 的另一位同学，当年上学时，关系和我要更亲密一些，每次回家乡，我们两个都要一起吃个饭。这一次，W 告诉了我一件事，她的妈妈不久前刚刚去世，去世前把 W 叫过去告诉她，W 不是自己和 W 的爸爸亲生的女儿。两位老人早就商量好，双方如果有谁要先走，那个人就有权选择把 W 的身世说给她听。当年他们一直没有生孩子，我们当地产院的一个护士长把 W 抱来，W 的亲生父母由于家里孩子太多无力供养，就遗弃了她，跟她的养父母换了点粮票。我听完这个“新闻”的第一个反应是问 W，难道你从前不知道你不是你父母亲生的吗？W 很吃惊，说难道你知道吗？我说是啊，其实当年同学一起跑到你家里玩，第一次看到你父母的时候就议论纷纷，因为你父母实在是长得太漂亮了，尤其是你妈妈，一看年轻时就是个大美人。我们当时还跟你开玩笑你怎么长得跟父母不一样，你说你是抱来的。我们就以为你是过继的孩子，谁也没多问什么。W 说她当时只是跟我们说笑，后来连她的老公知道这个事儿之后都和我们是一样的反应。只有 W 一个人这么多年从没有一时一刻地怀疑过自己可能不是父母亲生的，这主要是因为二位老人对她视如已出，她的养母甚至还为她打掉过一个孩子。

我问 W，你知道这件事之后是什么感觉？我本来以为 W 会和我说，她想找她的亲生父母，或者恨他们，或者感激自己的养父母之类的话。可是 W 却说，她感觉一脚踏空，突然间

就没有底气了。她说母亲病重的时候，她曾经跟父母开玩笑，说妈你要是走了我爸胆敢找别的老太太我就把她轰出去，而如今，她却再也无法理直气壮地说这样的话了。她妈妈走后，她再也不像从前那样挑她老爸的理儿了。

这就是所谓的根的感觉吧。其实父母就是我们可以理直气壮地对他们心怀怨念、提各种要求的那两个人。因为我们今天所有的不幸、遗憾、性格上的缺点、心理上的弱点，追根溯源到他们身上都能找到原因，虽然对于做父母这件事，他们常常觉得自己还不错，但实际上，大多数子女说起自己父母的缺点和他们对自己造成的负面影响时，都可以控诉一大堆。我们怨不得别人，除了怨自己以外，也只能怨他们，如果不是他们把我们带到这个世界上来，我们何至于受这些苦？我们的父母总是有着这样那样的问题，他们自己的性格有问题，他们的关系有问题，他们的事业有问题，作为成年人，他们有时候不仅不解决麻烦，自己还制造麻烦，他们总是被这样那样的问题搞得焦头烂额，就更别提教育孩子了，溺爱的，暴躁的，虚荣的，情绪化的，冷漠的，蛮不讲理的，什么样的教育方式都有……我们变成了今天的我们都是他们害的，这有点冤有头债有主的意思。像 W 那样，她突然发现自己再也不能这么理直气壮地当个讨债鬼了，恩义还在，爱也在，但是这对父母却不是把她带到这个世界上来受苦的人了，他们不欠她任何东西，她除了

感恩，真的不应该再有一丝一毫的抱怨，这份羁绊少了点儿怨念，一下子就变得轻飘了，所以她才会说，感觉自己没有根了。

基督教里讲原罪，佛教里讲因果，不管那到底是什么，如果人生真是一场修行，那么投胎到什么样的家庭，遇到什么样的父母，是命运早就安排好了我们要学习的课程吧。我对J说，既然条件允许，还是要孩子吧，你总要去面对亲情这道坎。你父母给你造成的恐惧，可能这辈子注定要通过你的孩子去克服，也许这就是你要完成的课业呢，重新付出爱，获得爱，相信爱。不能做完美的父母又怎样呢？这世界上从来不存在完美的父母，为人父母，多少都有些罪过，要被子女埋怨，可是罪过罪过，善哉善哉，当人们学会谅解自己的父母，然后自己也成为需要被谅解的父母，那些如烟往事，也就都随风飘荡了，而生命也就这样在轮回中生生不息地延续下去了。

转眼到了2012年的夏天，J告诉我她怀孕了，她终于想通了，也不再害怕，我为她感到高兴，我觉得这个孩子大概是天上的神明派给她的小天使，来抚慰她旧日的伤痛，带给她一个新的未来。虽然童年并不幸福，但是我却毫不怀疑，J一定会是个好妈妈。而W，虽然当年那位把她从医院抱出来的护士长还在人世，但是她没有去找她的亲生父母，也许永远也不会找了吧。

| 天生怪客 |

我很喜欢看中央电视台的《动物世界》节目，有一次看的一集叫《非洲怪客》，讲的是那些天生和别的同类长得不大一样的小动物，它们一生下来就基因突变，得了这样那样的皮肤病，因此在种群中会显得特别显眼。动物学家跟踪记录了这些小动物从刚刚出生到长大的过程，其中有一只白色的非洲小狮子，一只白色的小猩猩，一只黄色的小鳄鱼，还有黑色的羚羊，长着条状花纹的猎豹……我打开电视的时候，正好看到一只肥大的粉色河马蹲在河里，在炎炎烈日下，混在一群黑色河马之中，安静、笨拙、呆头呆脑的样子吓了我一跳，它是那么一种与众不同、怪里怪气的存在。荒诞得仿佛是一场梦，动物学家解释说，这只河马得了皮肤病，所以没办法抵抗烈日的暴晒，

但是它也就这么活下来了，因为缺少保护色，就算别的河马还算比较照顾它，也只能和比较低等的河马混在一起，不过它好像对这些也没什么不满，别的河马都不大搭理它，用肥屁股对着它，它就独自待着，许是习惯了。

紧接着是几只长相怪异的小家伙纷纷登场了，科学家们挨个给它们起了名字，它们的与众不同，让人觉得好像每一只都应该有自己的名字，大多我都记不住了，只记住了小狮子基托，在人类眼里，它像一只小白猫一样可爱，但是在狮子的眼里，它是一只丑八怪，开始的时候，没有人愿意接受它，连吃的都抢不到，不过小动物嘛，倒也无所谓，东凑凑，西闻闻，其他的狮子渐渐习惯它的丑样子，便也开始分它点吃的了。

人类很喜欢这些与众不同的小家伙，但是对于它们自身来说，这却是一件威胁到生存的糟糕的事，浑身白色的狮子无法在草丛里隐藏，黄色的小鳄鱼在水里游动起来明晃晃地扎眼，根本无法接近猎物，在残酷的草原上，这不是个性的标志，而是它们致命的弱点。有一只白色的小猩猩，因为被一只猎豹一眼相中，在追逃中从树上掉下来，早早就夭折了。猩妈妈不能接受这个现实，整整抱着小猩猩的尸体游荡了三天。看到这里我很难过，但这就是大自然的法则。而大自然的另一个法则就是，没有谁会因为你是与众不同的，就会对你特别照顾，怪客小鳄鱼、怪客小狮子都和别的小伙伴们一样，到了年龄就被赶

离妈妈的怀抱，被扔到大自然中去自生自灭，如果你不幸死去，那么就只是你应该死去而已，这也是自然的选择。

它们被迫比别的同类学会更多的生存本能，那只黄色的小鳄鱼，它比它的兄弟姐妹都要谨慎一百倍，因为它太显眼了，太容易被大鸟、大鳄鱼（鳄鱼是吃幼仔的）发现了，而好不容易长大之后，它又太容易被它的猎物发现，于是它学会了和别的鳄鱼不同的方式，它比别的鳄鱼潜得更深，一直到了猎物的眼皮底下，才猛地从水里蹿出来，它身体的爆发力、动作的准确度和快速必须优于其他鳄鱼数倍，我惊讶于它的聪明，动物学家说，那一批同时出生的小鳄鱼有一百余只，活下来的只有两条，这只黄色小鳄鱼就是其中一条。白色的小狮子基托也活了下来，它已经长成了一只漂亮的雄狮，当我看到它从丛林的深处缓步走出来的时候，那真是太美了，而更棒的是，它的身边还跟着一只小母狮，看到基托能成立自己的家庭，这真让人高兴。

这些动物世界里的天生怪客，它们身上有一种沉静安然的气质，这让它们显得更美丽，生来就与众不同，便接受自己的样子，生存下去，就是它们唯一要做的事。一位读者写信给我，说自己是一个女同，问应该如何解决和母亲之间的矛盾，我当时劝她可以做出适当妥协，要先好好学习，找到工作，脱离父母经济掌控，在取得独立自主的生存能力之后，其他什么

都可以争取。当时很多人强烈地反对我，并举了其他作家给出的回复来做反证，你为什么不鼓励她反抗？为什不让她和父母决裂？你为什么这么保守？我无法做进一步的解释，因为一个从小到大几十年被人当做人间怪客，曾经努力装作和别人都一样，但还是会经常被揪出来说想法很奇怪的人，才会知道，世人眼中的那些所谓与众不同，任性生活，所要面对的困境和压力是多么巨大，那不是安全地生活在主流价值观里的人们所能想象的。人类是世界上最无法容忍异己者的动物，野生动物世界对与众不同者的攻击还只是天敌之间，那也是物竞天择的结果，而人类世界不能见容于你的，往往是你的同类。

这种恶意到底是哪里来的，因何而来的，我始终无法理解。但这些也随他们去吧，我身边那些真正与众不同的朋友们，对来自他人的排斥反倒是接受得多，看淡得多，他们的内心对人类的宽容，比人类对他们的宽容多得多。许是因为真正天生的怪客，都已经习惯，且先忙着生存，而不是忙着表现叛逆。就像那只黄色的小鳄鱼只是默默地学会了用自己的方式捕猎，不然怎么办，你总不可能去咬死大自然吧，白色的小狮子总不能抱怨大草原上的草为什么不长成白色，而要春绿秋黄的吧。因为这些不重要，好好活着最重要。

我为什么是我？我为什么和别人不一样？小鳄鱼和小狮子从来不会想这样的问题，它们只是接受自己的命运，从不追问。

人类的大脑太发达，有时候就会想太多，连我自己也曾经想，我们这种长了反骨的人，是不是要抽筋拔骨地把它拔掉，或者伪装得和其他的人一样，说大家都说的话，做大家都做的事，过大家都过的日子才能活下去。要么就是总想去跟别人理论个明白，以此来证明自己存在的正确。后来终于明白，完全没这个必要，也做不到，拼命地证明自己真的很累，太在意别人的宽容与否也很没劲。神造万物，自有它的道理，不用问为什么，接受它就是。即便和别人不一样也没关系，不用委屈也不用争吵，安静地，沉默地，有尊严地活下去就是。你什么都不用证明，你的存在，就证明了一切。

“至于对外表的各种在意，纷扰，争吵不休，”在影片的最后，动物学家说，“那是虚荣的人类才会干的事。”

| 地球不在乎 |

前一段时间读了诺贝尔物理学得主罗伯特·劳克林（Robert Laughlin）在《美国学者》上发表的一篇颇引人争议的文章《地球知道什么？》。文章的大意是，地球有它自身的发展规律和时代跨度。地震、海啸、火山爆发等自然灾害，对于人来说是巨大灾难，但是对于地球来说，这只是它正常活动了那么一小下而已，地球这么多年来一直是这样，它基本上想干吗就干吗，根本不在乎人类是破坏它，还是想保护它。我们人类对地球的态度，对于地球的作用力是很小的，冰川事件以十万年为周期定期发生，人类排出的多余的二氧化碳，地球会用数万年来转化成岩石，然后用数万年把二氧化碳的浓度恢复到现在的水平，我们不知道到那时候人类是否还存在，但数万年只是非常短暂

的地质年代，所以地球压根不在乎，它不在乎人类的什么政府和立法，也不在乎人类是可着劲地祸害它，还是拼了命地保护它。所以不要以为人类的行为如何毁掉了地球，这些忧心忡忡的想法其实也只不过是人类的自以为是，要毁掉地球可不是那么容易的事。保护地球也一样，关掉空调和冰箱，步行上班，做这些事固然很好，但它只是对于改变人类生存的小环境能起一点作用，但是对于保护地球来说，这点力量其实连九牛一毛都算不上。

我很喜欢这篇文章，归根结底是因为我对人类无休止的鼓吹科学早已感到厌倦了，每天都听着人类多么了不起，人类的科学多么发达的那一套，今天造核电站、发射火箭，明天改造基因、克隆动物，人类自诩自己是万物之灵，上天入地地折腾，似乎是宇宙无所不能的主宰，可是地球只要抖一抖，来个地震、海啸或者火山爆发什么的，自大的人类立刻渺小得犹如一只蚂蚁，束手无策了。另一些人现在到处宣传低碳、环保和素食，不厌其烦地唠叨着要拯救地球这种话，甚至到了强迫症的地步，这不过是人类自大妄想狂一体两面的另一种表现形式，这也让我觉得有些吃不消，相对于这些人口中的这样一个需要我们“改造”或者“拯救”的地球来说，我更喜欢劳克林博士所描述的这个地球，这才是我心中它该有的样子，它是冷淡的，静默的，有尊严的，自行其是的，它既不会被谁轻而易举地摧毁，也不

依靠谁的拯救，它孕育了万物生灵，又对这些生命的喧嚣吵闹无动于衷，这才是我心中那个极酷极美的蓝色星球，当然，它对于自己的这种美也是无动于衷的。

所以说，科学要发展，环境要保护，但这些事归根结底还是为了我们人类自己吧，地球不脆弱，我们才脆弱，地球不需要我们保护，我们才需要自求多福。如果我反对塑料袋，那只是因为我讨厌看着它四处乱飞脏兮兮的样子，如果我反对砍树，那只是因为我喜欢有清新的空气，不喜欢生活在灰土扬尘的城市里。我没有那么伟大的环保的理想，这一切都是为了我自己，别说“我们只有一个地球”这样的话，作为一个人类，我从来不觉得自己是地球的主宰者，人类从来没有“拥有”过地球，在没有我们存在之前，地球已经在那里了。有一天我死去，人类也灭绝了，它还会继续在那里。相反，它是它自己的，我们是它的制造，它生我养我，它也是我的归宿，无论最后这肉体成为什么样的灰烬，飘落到大地还是撒下海洋，我都最终将与它融为一体，进入它的下一个循环之中，一想到这一点，无论是面对生还是死，都让人觉得内心安静了许多。

和地球相比，生命是这样短暂，但那依然是一个个奇迹，每一个人，每一个小动物，每一只飞鸟甚至是一棵树，都是与众不同的造物，值得珍惜。我身边有一些吃素食的朋友，他们喜欢说“别吃朋友”，我不太喜欢这种说法，其一是虽然我也

很喜欢小动物，喜欢狮子和天鹅等野生动物，但我觉得交朋友这种事还是两厢情愿的好，我们人类这样一厢情愿地把人家宣布为朋友，不知道人家愿不愿意；其二是如果你举着一只大老鼠，或者一条蛇跟我说这是我的朋友，我从个人情感上也实在是没有办法接受。所以，无所谓朋友不朋友吧，动物们有它们自己的尊严，即便不是人类的朋友，也应该得到尊重，尊重它们，就是敬畏自然。大家都在一个食物链里，如果你生为一只狮子，上天给了你尖利的牙齿，那么你就应该去吃肉，如果你生为一只山羊，只有扁平的牙齿，那就去吃草好了，既然上天赋予我们人类既能吃肉也能吃草的牙齿和胃，那么就按照大自然的安排去生存就是，不必太刻意做作那些有违自然规律的事。当然，为了一碗鱼翅去杀掉一只鲨鱼，这是人类所做的不可原谅的事。就像如果有一天我和一只饥饿的狮子相遇，它把我吃了，我觉得这也不能怪它，那是因为它需要生存，谁让身为一个人类，我没本事咬死一头狮子呢，至少它并不是为了要做个人皮大衣去参加 party。劳克林博士说，人类可以通过减少生物多样性的方式对地球造成伤害，因为地球无法使恐龙再次复活。不过我觉得，在这件事上，人类逾越自然规律，不恪守本分是一件终将给自己带来无穷后患的事，但地球并不在乎，恐龙没了，地球还在转，所以有一天人类灭亡了，也不关它的事儿，它还是转它的。“六百万年前，地中海是干枯的，三亿年前，

北欧还是一片沙漠。”劳克林说，“很明确的是，人类与这些巨变毫无关系。”所以人类还是少说些拯救地球的鬼话吧，人类需要拯救的是自己。

从前我一想到自己生命的渺小，便觉得一切是如此的虚无。最近这些年，我想通了一个道理，一个人，只要你存在过，你就曾是这个巨大星球的一部分，哪怕再渺小，你都和它链接在一起，你就是它，它就是你，你和非洲草原上的一只狮子一样，你们同样是自然的造物，各自都有自己来到这个世界上的意义。也许一直狮子的使命就是要吃很多只羚羊，让食物链得到平衡，那么你的使命是什么呢？我想一定自有其所在，也许现在还不知道，到死都不知道，但是这没有关系，关键是你来了，你生下来，你死去，你的生命本身完成了你该做的事，就是这样，生命它并不虚无，一切自有安排，神的孩子就听神的话。想到我所生活的这个蔚蓝色的星球，它是那么巨大，美好，冷漠无情却又生机勃勃，我真是很喜欢它。虽然它并不在乎我对它的喜爱，但是想到自己和它的紧密相连，就觉得这生命也是美丽的了。

| 人生仅有的自由 |

胡子兄弟路经北京，给我打电话说见见吧。我们已经有两三年没见面了，便约在我家附近的天桥底下碰面，他没有手机，打的是公共电话，交代的地点也是稀里糊涂。等我走过去看到车来人往的时候，才想起刚才没有说清楚是三环里还是三环外，正在担心人海茫茫找不到彼此，他从人群里蹿到我面前来打招呼，倒是我被吓了一跳，看了半天才认出眼前这又瘦又黑、有一把山羊胡子的男人，是我熟悉的朋友。我说你的行李呢？他拍拍身上斜挎着的一个黑色帆布包，然后又晃了晃手里拎着的手拎袋，说都在这儿呢，我看那黑布包比我背着去西单的包仅仅大了一圈，包上还丁零当啷地拴着个铁饭盒，心里很是吃惊。我不是一个爱大惊小怪的人，但是如果你知道眼前这个家伙刚

刚周游了 11 个国家，绕了亚洲一圈，游荡了 200 多天，才此刻站在这里时，就没办法不吃惊了。

走的时候 160 斤，回来的时候瘦得只有 120 斤了，我很心疼地把他拉进火锅店，给他点了一堆吃的，他却对说话的兴趣远远大于吃，他说他 200 天没怎么跟人说话了，于是一直说话，忙得顾不上吃。他告诉我他这趟 200 天的周游列国，包括飞机票、签证费在内只花了 9000 多人民币。住宿只花了 140 多块钱(人民币)。他说他本来还想再往西去，但是突然感到厌倦了，想家了，于是就回来了。而且巴勒斯坦的签证没办下来，因此要回国休整一下，换本护照再出发。下一次他打算走四十多个国家，可能就需要更久的时间了。再下次他打算去非洲，在三年之内把全世界都走一下。然后开始做别的事情。他给我讲各种省钱的招数，听得我大开眼界，目瞪口呆，我说你真应该把这些都记录下来，写本书。他听完就淡淡地说，咳，以后再说吧，我说你有没有数码相机，心想如果他没有我可以考虑送他一个，可是他说他有，他只是懒得背。

周游列国，走遍万水千山，不写文字不做歌，路走了就走了，岁月过去了就过去了，比起那些到丽江鼓浪屿就赶紧掏出手机自拍发微博的人们，我的朋友是一个极没有存在感的人，可是我总觉得他存在于天地之间，我不知道是不是正因为如此，他没有我在很多人身上看到的那一份对存在感的饥渴和焦灼，以

至于他身上那份出世的闲散和淡然，反倒更引人注意，打动人心。在曼谷的广场，会有人主动给他买水买汉堡，在泰姬陵门口晒太阳，会有人拿着相机和他要求合影，他问我这是为什么？我说因为你实在太像要饭的了。他也不生气，下次再讲起越南卖冰激凌的老太太请他吃冰激凌的时候，自己也说，大概因为我长得太像要饭的了。还问我，你说我咋总碰到好人呢？我说因为你就是个好人。

早上起来看微博上一个朋友说，有了能力才有自由，我觉得胡子的心中大概也有属于他自己对于自由的理解，也许一个行者最根本的目的是行走本身，这行走本身就是人生，去自己想去的地方，走自己想走的路，这就是自由本身。我听过很多人说，他们的心愿是环游地球，可是他们没钱，也没有工作没有能力，不会外语，所以他们想等以后如何如何……可是，自由自在地环游地球，要多成功才够呢？要多少能力，多少钱才能成行呢？也许并非你想象的那么多，只要你肯出发就好。人们总是把自由的美好愿景画在未来和远方。可是，这个世界上本没有什么完整的绝对的自由吧，每个人的人生都是如此，每个人的人生都只有相对的自由，即便是你真的有了家财万贯，也要有一颗能懂得什么是自由的灵魂才行。而我的朋友，他也许在世俗人的眼里一无所是，但我觉得他做到的最了不起的一件事是，他明明白白地懂得并且做到，用自己有限的生命，尽

情地去享受人生中那仅有的小小的自由。而更多的人，则是一边抱怨享受不到自由，一边对生命中仅有的可以抓住的自由视而不见。一边说自己被束缚这不能做那不能做，一边放着可以自由自在做的事情不去做。

有时自由很简单，只是人们自己把它搞复杂了。有时候自由要付出的代价也并不大，只是人们对自由太好高骛远了。

我并非是个特别酷爱周游的人，也并不想像我的朋友这样成为一个行者，对于我来说，写作是我在这个世界上的另一种行走，是我享受我自己的人生仅有的一点自由的方式。是因为这自由太好，才让我能够承受生命中这么多的痛苦压力和束缚一路走了过来，并且打算一直走下去，去看看那叫做生命的东西的尽头，到底有些什么。然后到了我要死去的那天，我想到我这辈子，爱了我自己想爱的人，走过自己想走的路，做过自己想做的事，即便是没有什么成就，但也算尽情享受过我这平凡的人生里能得到的仅有的自由，这自由，虽然是小小的，也足够让人无悔了吧。

人面狮身的女子

早上起来，又读了一遍王尔德的《人面狮身的女子》，这个小故事讲的是一个男人与一个陌路相逢的女士迅速坠入爱河，但是男人却在向女人求婚之际发现了她的秘密，这位太太在一处公寓里租了一间房，常常进去一待就是一整天，不知道在搞些什么鬼，也不愿意告诉任何人。男人认为女人一定是在私会情人，于是怒不可遏地和她分了手，一个月后，女人死于风寒，男人忍不住好奇心，去那幢公寓想探个究竟，房东太太告诉她，那位夫人每周都会来这里，可是她从来没有在这里会见过什么人，她只是在这里喝喝茶，看看报纸而已……

无独有偶，我曾经听说过这样的一个故事，一位三个孩子的父亲，每隔一段时间，都要独自离开家，去找一个宾馆住上

几天，这几天里，他什么也不干，只是在宾馆里看看报纸，在泳池边晒晒太阳，喝喝啤酒，然后再收拾行李回家，继续扮演他的好丈夫、好爸爸的角色。

也许很多人会说，这怎么可能呢，他肯定是去和情人幽会或者去猎艳了，他如果不想和他的家人待在一起，那么他就一定是和他的情人待在一起，反正他肯定是因为想和谁待在一起才会这么做的。我想我能理解这种不理解，因为这种人真的是有够怪咖的，我自己就是这样一种人，比如我从十一月开始就一直和人们待在一起，先是和朋友一起旅行，回家后老妈来小住一段日子，因此没有一点独处的空间，于是在某一天早上，我发现自己竟然在看宾馆的价格表，试图想找个便宜点儿、看上去还行的地方把自己关上那么几天，我想这也是我在早上突然把王尔德的这本故事小书翻出来看的原因了。

我的家人已经是给予彼此自由和空间最多，最不彼此依赖和黏人的那种家人了。老妈也为了不影响我的作息时间，努力迁就我。我知道有问题的不是他们，但也不是我。和朋友聊起此事，她说你是不是因为一个人住习惯了。但实际上我应该打小就算是一个怪小孩，虽然有人前的虚荣浮躁和热闹，然而在大多数的时间里，都是关在屋子里看书，打游戏，鼓捣自己的那点儿东西不亦乐乎。在集体中也能与人相处很好，但是终究会觉得消耗和疲惫。

李安曾经说过，美国梦有两个，一是自明真理，主张追求生命、自由与幸福的权利是神圣且不可否定的。另一个则是being left alone，孤独，疏离。我想这就是所谓的天性吧，也许这辈子真的就是这个德行的了，只是不知道是否还能有那么一天，我还能在这个世界上找到另一个人，能够容忍我本性里孤独和疏离的那一面。但是无论别人接受不接受你，你自己都应该先接受自己，孤独的人并不是可耻的，热闹的人也并不等于肤浅。

在王尔德的故事的最后，男人问一个朋友，为什么？她为什么要这样？他的朋友告诉他说，因为她只是个喜欢秘密的女人而已，她热爱秘密，但她自己只是个没有谜底的人面狮身。

看到这句的时候就笑了，这世界上就是有这样的人，你读他的文字，知道他的一些事情，坐在对面和他彻夜长谈，但是有一天，却发现你对他其实知之甚少。这些人，就是行走在这个世界上的斯芬克斯，他并非想故作神秘，他只是天生如此，而王尔德自己也是一只行走在这世间的斯芬克斯，写下这个故事，也许他只是想告诉人们，他其实并没有这么神秘。抑或者是像我想说的那样：我为什么是我，我并不知道。

不过你要想知道斯芬克斯独自一人的时候都干什么呢，这个答案倒是很容易找到：

“我花了一个上午的时间去掉一个逗号，到了下午的时候我又把它放了回去。”（王尔德）

这至少说明，他们并不总是在琢磨着吃人。

| 能不能不爱我自己 |

朋友打电话给我：水木丁，怎么办？虽然明知道这是不对的，但到现在还是会忍不住有这样的想法：因为一个男人不爱我了，我也就不爱我自己了，虽然知道身边亲人朋友对我很好，但我就是会忍不住这样想。我说，也许写作的话会好点吧。

当然了，这是屁话。

其实，有时候我们会不爱我们自己，是因为我们的内心会害怕吧，如果我可以爱自己了，那上天就认为没有必要再派个人来爱我了。那个离开的人，就不会认为他有责任再来爱我了，也不会为他扔下我而感到愧疚了。所以我不可以爱自己，因为如果我爱自己了，那爱“我”这件事，以后就成了我自己要独立完成的事。

那将是多么孤单的人生啊。

也许，在命运面前，我们都是小孩子吧，所谓的“不爱自己”，只是我们和它撒娇、抱怨、赌气，甚至威胁它的方式而已。你不爱我，你不派人来爱我，你不要我，那我也不要我自己了，我也不爱我自己了。我要使劲颓废，用力衰败，我要毁掉自己。因为整天心里装着自己，惦着自己，所以一定要对“我”的存在，表示爱或者不爱的态度。这种事我从前也干过。直到有一天，我听到命运对我说：别跟我来这一套，你爱不爱你自己，关我屁事。

然后我终于知道，命运是一个残忍的大人，撒娇是没有用的。

我还是没有爱自己，我只是不再使那么大力气不爱我自己了。我只是冷冷地站在这里，冷冷地和我的命运站在一起，看着我自己。我只是有时候忙点别的，懒得搭理那个我自己。有时候，我也会想很好奇地拍拍命运之神的肩膀，问问它：老兄，你打算拿这个稀里糊涂跑到这个世界上来打酱油的家伙怎么办呢？将来是你来处理呢？还是我来处理？

命运不说话，它由得我去自生自灭，好吧，我也只是问问而已。

其实，那些使出吃奶的劲儿不爱自己的人，归根结底，还是爱自己的吧。

对自己，他们不够残忍。

所以，我也不担心我的朋友，她不行，她虽然说不爱自己了，但是上有老下有小的，生活不允许她花大把子力气不爱自己。她也就是撒撒娇，然后继续滚回去过日子的能耐而已。对于生活艰难的人来说，上蹿下跳、寻死觅活地不爱自己，也是一种奢侈。

哦，那天我都忘记了对她说，我虽然不爱我自己，但是我亲爱的不爱自己的朋友，我是可以爱你的，爱你们。

| 被困在英俊皮囊里的男人 |

大学时候为了学英文，狠狠地看了很多英文原版小说，名著实在读不下去，读得最多的是阿加莎·克里斯蒂的侦探小说和禾林的浪漫爱情小说，那时候的浪漫爱情小说封面都有统一套路，大多是广告招贴画似的画着一对白人男女，女人当然是健康美丽，男人都六块腹肌有人鱼线，面貌英俊硬朗，所以当年我第一次看到新晋的奥斯卡影帝马修·麦康纳（Matthew McConaughey）的时候，真有种被穿越回过去的感觉，因为他简直是那种从浪漫小说封面上走下来的男主角，我后来还特地去查过他的资料，果然找他演浪漫爱情喜剧的是最多的。

说起马修的英俊，可能并不是很多中国女性的菜，但他的那款长相，真是当年美国女人心中好丈夫、好男友的经典款。

马修在德克萨斯念高中的时候，是学校尽人皆知的校草，曾被学生票选为“最英俊的人”，被记入学校年册。没有人会惊讶这个英俊的男生后来会走上演艺之路，2005 年，他被《人物》称为还活着的最帅的男人。但可惜的是，大家都知道他帅，也都承认他帅，他的演艺事业却遭遇瓶颈，一直难有发挥，他一部部地拍戏，除了浪漫爱情喜剧以外，也在灾难片、惊悚动作片里扮演硬汉角色，但都反响平平，他上时尚杂志的封面，成为社会名流，知名演员，一再被人称赞长得帅，但是没有人来找他演更有挑战性的角色。大家倒也不是觉得他不会演戏，他的演技没问题，工作也很拼命很敬业，但也就是这样了，如果他想接到好本子，证明自己是个伟大的演员，对于他这么一个英俊的人儿来说，那可能是有些难的。

我们大多数人不过是中人之姿，不大会理解“长得好看”到底是一种什么样的感觉，不大能理解美貌这件事，和这世界上所有事一样，可以是上天的礼物，也可以是一个人的牢狱。对于马修 · 麦康纳来说，他的英俊在最开始对他一定是帮助很大，但若继续往前走，却反过来成了他的束缚，因为他的英俊太抢眼，太无可挑剔了，健康阳光、正直迷人的完美男人形象一旦在人们心中形成固见，便很难突破。大家也就根本不在乎他的演技了，这个“不在乎”有两个层面：如果他演砸了，大家不在乎，他那么帅，演得一般有什么关系，可是如果他演得

很好呢？其实也同样没人在乎，他一出场便把所有人都电晕了，随便一笑下面女人都尖叫了，随便落两滴眼泪女人们就跟着心疼，因为他太帅了。也许很多美丽的人都会有这样的困境吧，难怪大美女查尔斯·塞隆自毁形象去出演变态女魔头，大家为裘德·洛秃头和发胖而惋惜不已，他自己却说，太好了，这下总算可以演自己想演的角色了。我想起一个朋友给我讲过一件事，说她认识一位美女编剧，有一次把一头秀发剪短了，大家问她为什么，她说想要尽量以丑的面貌示人，因为她希望大家能注意到她的才华。朋友表示当时听到这话深受刺激，这不是赤裸裸的炫耀嘛，但是看到现在的马修·麦康纳，我倒是理解了这姑娘的理由。

如果一个人天生就是个美人，人人都夸赞他的美貌，对于他来说这也许也会成为一件很无聊的事吧。我们普通人之所以不断地追求美，是因为我们长得实在是不够好看。可是那些天生美貌的人，特别是那些对自己的才华也同样自信的人，一定是讨厌死了别人只看到他们的美貌，他们像嘴里咬着玉打娘胎里蹦出来的一样，动不动把玉摔在地上，总是拿自己的美貌不当回事，反倒是变着法地作死，拼命地把自己往丑里倒腾。在《达拉斯买家俱乐部》里，马修把自己摧残成了一个“艾滋病患者”的模样，形销骨立到了大家都认不出的地步，最后拿到了一个奥斯卡的小金人儿，这部电影只有550万美元的投资，如果投

资再少点甚至连奥斯卡提名的资格都没有了。据说剧组拍摄时常常穷得连盒饭都发不出，马修为了拍摄顺利进行还得倒贴钱，他随便拍拍其他片也比这赚得多。很多人觉得他是为了得奥斯卡才这么拼命的，可是要我说，他其实是真开窍了，想通了，他不把自己这肉身的监狱给彻底砸了，他就冲不出来，会永远被困在这副美丽的皮囊里。所以他必须为了自由而战，作为大帅哥的马修，他早觉得厌倦了，无聊了，他在这个监狱里再也待不下去了，于是他选择毁掉这皮囊，就是要让人们看看，当他撕掉了他的皮囊，他马修·麦康恩到底是谁，没人能笃定自己一定会拿奥斯卡，但是如果你想要的是突破，你能舍得自己，你就会让别人看到真正的自己。

想要自由，就要为自由付出代价，要对自己下得了手，狠得下心。马修成功了，他从此可以演他想演的戏，成了他自己的英雄，他是一个真正的狠角色。奥斯卡没办法不爱他，观众也是，因为我们自身都太懦弱，所以人人都爱狠角色，于是他赢了，也获得了自由。当我看到他站在奥斯卡的领奖台的时候，就好像《肖申克的救赎》里的安迪，拿着小锤子挖呀挖，最后爬过臭水沟，逃出监狱，在暴雨下撕掉衣服的那一幕，马修·麦康恩撕掉的是他的皮囊，而他的这座小金人，正是他成功越狱的奖杯。

谁也别想摆脱娱乐

2013 年伊始，柴静的新书《看见》大火特火，据说不到一个月就大卖超过一百万册，虽然不少人从开始就很看好这本书，但是这个成绩也实在让人跌破眼镜了。俗话说人怕出名猪怕壮，果不其然，微博上各种中国特色的爆料接踵而至，先是有人在微博上爆出柴静刚刚与多年前离婚的前夫复婚。这位前夫和某时尚杂志女主编刚刚离婚，紧接着开始有很多人批判柴静的书不好，业务水平不高，甚至连闾丘露薇也站出来说柴静不是称职的电视新闻记者，采访的时候表演的痕迹太重。美国人尼尔·波兹曼写过一本著名的《娱乐至死》，这本书写于七十年代电视正大行其道之时，波兹曼在书中深入探讨了电视对人类的影响，并提出“娱乐至死”这个看法。波兹曼认为，“严

肃的电视”这种表达方式根本是自相矛盾的，所有的人都是在表演，电视只有一种声音，即娱乐的声音。电视的时代就是娱乐的时代。电视媒介形式的本身就不能承载严肃认真的思考，只有书籍能够承载严肃认真的思考，因为书籍可以用几百页去说明和深度挖掘一个问题。你读书的时候，你必须要安静下来长时间地独处和思考。而电视则不同，就像波兹曼说的“在这个（电视）世界里，一会儿这个，一会儿那个突然进入你的视线，然后又很快消失。这是一个没有连续性，没有意义的世界，一个不要求我们，也不允许我们做任何事的世界。”“电视媒体的到来使得信息碎片化，导致人们思考能力的下降。”波兹曼说这话时，绝不会想到几十年后互联网的出现，比电视更碎片化，更不严肃，更加地娱乐至死。所以我认为闾丘露薇话是对的，柴静当然是在表演，但是如果这是职业要求，也无可厚非吧。站在镜头前，人人都是在表演啊，别说在镜头前，就是普通人在微博上、朋友圈里也是情不自禁地在表演啊，柴静的采访风格不是我所喜欢的类型，但是在我这个普通观众看来，电视上的主持人，其实是没有什么演和不演的区别，只有演得成功和演得不成功的区别，当然了，还有表演流派不同之分。

所有的电视节目都是娱乐节目，电视就是很浅层快速地传递讯息，所以当你需要让你的节目显得特别有深度，有内涵，而你却只有半个小时，这中间还要插播洗衣粉、啤酒、尿不湿、

口香糖的广告时，你就只能靠表演，深度报道的一线记者需要知道怎么表现心情很沉重，表现若有所思，谈话节目主持人要表演“我很有智慧，很公正客观”，娱乐节目主持人需要表演“我很高兴，我很 high”，美食节目主持人需要表演“这东西真好吃”等等，在这个娱乐至死的年代，大多数人无心阅读，看电视上的表演就已经可以相信自己足够有深度了。而从另一面来讲，事实也一遍又一遍地证明，现在有两种作者的书特别好卖，一是写书的会表演的，二是表演的会写书的。对这样的作者的书大卖而进行批评，我觉得真没什么必要，于丹和易中天不是学者中最有学问的，但他们是所有学者中最会表演的，所以他们的书卖得最好。这是因为他们正好赶上了这个时代，一切都是应运而生，如果不是于丹和易中天，还会有别的会表演的学者来摘这个果子。我们就是处在这样一个文字阅读整体倒退，电视文化、网络文化流行的娱乐至死的年代。很多事情的发生，是由时代做出的选择，非我们个人能改变，连当事人在内都只能接受它。

其实柴静可以算是电视圈里少有的认真思考和认真写文章的女记者了，节目不够，唯一可以更多地表达自己认真思考的问题的只有文字，她的努力和用功大家也都是看得到的。积极严肃地参与公众话题，想要为社会做点事。无奈的是，谁都别想摆脱娱乐，这就是这个时代的讽刺，谁也别想置身于娱乐之

外，无论你对自己的定位是什么，你是个电视人，是个名人，又是个女人，但归根结底，你就是一个娱乐人物。

这场围绕着柴静展开的争吵，已经又一次无可挽回地变成了一个娱乐事件。在这个娱乐的年代，当你成为一个明星记者，那么你首先是一个明星，然后才是一个记者，如果你的书卖得很好，名气也越来越大，你就别无选择地成为了一个娱乐消费品，必然会被挖八卦，被批评。一个名人的私生活和不相干的普通人其实没什么实质的关系，可是大家都想关注点什么、吵吵闹闹点什么不是嘛，因为生活太无聊了，闲着也是闲着。虽然柴静和闾丘露薇都很认真地对待工作，都很真诚地相信自己身上肩负的使命和责任，但是她们却都无法拒绝自己变成了娱乐事件的主角，就连闾丘露薇自己也一样，本来是想探讨点专业领域的事，结果无非是给这件娱乐事件的升级添了砖加了瓦而已。至于柴静的读者，其实大可不必太愤怒，等下一个娱乐事件出来，这一页就翻过去了，柴姑娘是书照卖，人照红，节目照做，什么都不影响。反正在这个娱乐至上的年代，大多数的争吵爆料，其实都没什么正经。

最后说句题外话，有一次在电视节目里看到易中天老师，主持人问他成为名人的感受是什么，易老师说感受就是好像峨眉山上的猴子，供人娱乐。听完了这话，我开始喜欢易中天老师了，他是一个想明白了的人。

| 坏女孩怎可走四方 |

很多年前，我还在老家的时候，听说台湾有个叫舒淇的女孩因为拍三级片一炮而红，就跑去租了影带来看，影带当然是不知道被翻录过多少遍的，效果十分不好，但也不影响欣赏舒淇的曼妙身材。看完之后，我十分不喜欢她，不屑地想，就算是青春靓丽吧，可也没到了美得不可方物的地步，青春靓丽的姑娘有什么稀罕呢？还不就是靠一个“脱”字，这样的女星最后一定会命运悲惨。虽然红了，但是她的未来也完了。我当时的这种想法，估计和很多人都一样，本来对这个三级片明星，抱着的只是看一时热闹的态度，不过世事难料，这个姑娘竟然没有“完了”，而且越来越红，到最后甚至连金马奖的影后都拿到，其中的过程大家有目共睹，也就不需我再多说。而我从

什么时候开始慢慢接受她的，也早已记不清楚，只记得在《改变 1995》里，黄舒骏念到，“老外说，台湾的女人，舒淇最美”。

后来很长一段时间，我都以为大众和我一样，对她的态度有很大的转变，早已把她当做一个优秀的女演员来看待，直到微博上发生了赵文卓和甄子丹的争端，舒淇因插言被卷了进去，网络上一片谩骂之声，我才发现自己想错了。很多人攻击舒淇的方法和对她表示不满的原因，竟然是挖掘出她早年的艳照，这些艳照其实已经在网上也流传了很多年，只不过那一次被更公开更广泛地利用来对付她，最后直逼得舒淇删除微博，在一段时间里退网了事。

如果舒淇说错话，站错了队，攻击她的人批评她抱大腿，拉帮结伙，看上去至少还不算跑题儿，但为什么会是挖出她的陈年艳照呢？这本来是两件毫不相干的事。我想起了霍桑的小说《红字》，女主角赫斯特和年轻的牧师偷情，产下了一个私生女，人们无法原谅这个道德败坏的女人，就在她的身上烙下了红字“A”——Adultery（通奸），赫斯特于是带着这个“A”字的烙印和自己的孩子一起，在人群里活了下来，她面对来自人们的羞辱，敌意，排斥，始终保持沉默，承受所有的一切，拒绝说出孩子的爸爸是谁。在别人需要帮助的时候，她也从不吝啬于伸出援手，直到最后，人们重新开始接受她，尊重她。

霍桑的这部《红字》写于 1850 年，距离现在已经有 160

多年的历史了，而160年后的今天再看到微博上的舒淇事件，我突然觉得，这160年来，人性并没有太大的改变，如果能给舒淇的脸上烙上一个红字，相信有很多人也很想给她烙上去。只不过我们生活在现代文明的社会，这样野蛮的做法是行不通了，可是看到她就这样把自己“洗白”了，有多少人的潜意识里其实是对她心怀恨意的，这恨不仅仅是针对于她本身，还有对人们那么容易遗忘这件事的不能原谅，一个曾如此“道德败坏”的女人，你们竟然都忘记了她是靠什么起家的。于是乎有些人必须翻出她的照片公之于众，这照片就是这女人的红字，是铁一般的印记，他们要用这照片重新在把她钉回到耻辱柱上，最好能永世不得翻身。

这是恨意，也是恶意，有时候心怀恶意的人未必就是坏人，他们只是普通人。可是，大家素昧平生，舒淇也没有对这些人造成过直接的伤害，这恨意到底从哪里来的呢？其实这不难理解，有句话叫做：“坏女孩走四方，好女孩上天堂。”在一个社会里，除了法律约束以外，还有很多主流价值观、社会规范和道德来约束人们。女人有被规定扮演的角色和应尽的义务。舒淇这个姑娘，在为人上可能是个善良的姑娘，至少不是个恶人。但是在主流价值观中，她当年的确是做了“大逆不道”的事，违反了社会对女性的规定，成为了那种所谓的“坏女孩”，这里的坏，不是指天性上的坏，而是公众眼中，那种公然违背社

会规范和道德的“坏”。在我们这个社会里，一直充斥着一种“坏女孩”惩戒论。所有的女孩都曾听过这样的故事，那些曾经“堕落”的坏女孩们，将背负骂名一辈子，因为一时的失足，从此没有男人爱，没有未来，更别提什么荣誉，她们最后非常凄惨，很多人穷困潦倒，神经崩溃，这都是她们公然违背社会约束而应得的下场。这些恐吓论曾经吓住好女孩，另一方面又许诺她们，只要你们乖乖地听话，就会有糖吃，有人爱，有人疼，有好运气。这是对付女人的招数，也是性政治，如若不然，女人们都天不怕，地不怕，由着性子来，那可真的就没法管了，这世界可真要乱了套了。我想在很多人眼中，这就是舒淇之罪的根本，也是为什么她会被挖老底的原因，因为这个从前的“坏女孩”，靠逾越和藐视社会规范的方法获得了成功，她不仅没下地狱，还真的走了四方，得到的成功甚至超出了人们的想象。而那种当年被教化得规规矩矩的好女孩，却并没有因为乖、听话，就得到曾经承诺给她们的未来，这真让人情何以堪啊。

当然了，“坏女孩”想和这个社会和解，也有其他的方式，那就是要向社会主流的价值观、道德观真心忏悔，祈求主流价值观的重新接纳，这成了一个固定的不可以绕过去的程序，当年张柏芝就是这么做的，“艳照门”一年后，她出来接受访问，声泪俱下，痛骂自己，对自己的照片一口一个淫照，但是我作为一个看客，却听得心里并不舒服，心想姑娘你是受害者，你

有什么错啊，何苦这么作践自己。但这种方式和浪子回头一样是有效的，她迅速得到了大家的谅解，回归到了主流价值观和道德观的阵营里来。再不然，就像叶玉卿那样，老大嫁做商人妇，在人们的心中，一个女人是男人的所属物，只要她能够得到丈夫的“宽恕”和“谅解”，就是得到合法拥有者的谅解，别人也就不好再说什么。但是舒淇却始终没有做过这件事，她从来没有为自己过去的行为认过罪，或者道过歉，也没有刻意地做小伏低，取悦于看客，她也不属于哪个男人，没有丈夫或者男友可以代表社会权力方来“赦免”和“宽恕”她，就连别人杜撰过的那句“把脱掉的衣服一件件地再穿回来”也被她澄清从未说过。被谩骂攻击，也不过是删掉微博，一走了事。她虽然没有做出杀人放火、作奸犯科这种恶事，还是有这么多人会认为她伤害了社会，伤害了自己。也许确实伤害了吧，只是她伤害了他们的不是因为艳照或者违背了人们捍卫的道德，而是她违规了，却得到了成功。而那么多规规矩矩的普通人，却什么都没得到。很多人可能永远也不会明白，他们心中对舒淇的恶意，其实是对自己被这个世界所欺骗的恨意。

曾经听到过这样一种说法，大意是，好莱坞大片就是用来弘扬主流价值观的，艺术片是用来质疑主流价值观的。而舒淇小姐的人生，是一部真正的文艺片。她的存在本身，严重地挑战和质疑了许多人的价值观，这是她的“罪过”之处！从前我

一直以为，这个走四方的“坏女孩”的人生，充其量不过是一部三级片，然而事实证明我错了。这是真正有反骨的姑娘，我想这是我比较喜欢她的原因。

中国式无赖是怎样养成的

药家鑫的案子轰动全国的时候，一次和朋友聊天，朋友说，其实他很理解药家鑫撞人之后连砍八刀的心理是怎么回事，我说我和他同样理解。

很多年前我当过一段时间的初中老师，教的都是十三四岁人生观刚刚开始形成的一群半大的孩子，刚刚开始这个工作的时候，我很惊奇地发现，这群孩子虽然只有十三四岁，但是他们中的很多人，都已经学会了推托责任、各种撒谎、犯了错误耍无赖的技巧。举个例子来说，如果你在课堂上亲眼看到一个学生说话，提醒他注意一下，他能够看着你的眼睛，矢口否认刚刚发生的事实。我的同事曾总结过，他们站起来往往开头的第一个字不是“我”就是“他”，以“我”字开头的就是“我没说”，

以“他”字开头的就是“他先说的”。这种情况下，很多老师都会坚持和孩子较真，有时候会发生师生之间的矛盾，最后小事变大事，闹得不可开交。但是学生就是会一口咬定自己没有犯过任何错误。

同样的情况也在我的课堂上发生过，我对学生说过这么一番话 :“你如果一定要抵赖，我的确是不能把你怎样的，但是你这样做，对我来说是一个伤害，破坏了我们之间的信任，会让我从此把你当成一个无赖，当面说瞎话的孩子。其实在课堂上说话，对于你们来说，本来也不是什么大不了的事，你们是孩子，一时忍不住说两句话是人之常情，我提醒你一下，你控制一下自己，不再说话了就是。但是你现在掂量一下，是从此失去了一个人对你的信任重要，还是承认自己说话了，不再说话，把这件事了结更轻松呢？”这叫两害相遇取其轻。也是我在当老师的时候尽力去教给我学生的道理，我并不想让他们成为什么道德楷模，但是我希望他们都能成为聪明的孩子，不要犯愚蠢的错误。所以在学生了解了这点之后，就会明白跟我说实话，比跟我撒谎好，而且我也做到真的不予追究，于是他们轻松，我也不累，大家相处起来还蛮和谐，从没有因为此事闹出过什么不愉快。

其实当孩子们最初跟我要赖的时候，我也从来没有真的生他们的气，因为我知道，他们之所以会有这样的行为，也是大

人教育的结果，很多大人在遇到孩子犯错误，希望他们对自己说实话的时候，总是会信誓旦旦地承诺："我不责怪你"，"我不会惩罚你"。等到把孩子们的实话套出来之后，可不得了，终于给我逮到了一个说实话的，于是没完没了的惩罚开始了，老师找家长，找校长，家长回家把孩子一通狠揍。孩子从此就学乖，他知道大人根本不守信用，犯了错误老实交代没有好下场，死不承认的同学反倒逍遥自在，躲避了惩罚。这种认识最后深植于孩子心中，以后每次闯了祸，第一时间想到的就是怎么逃避责任，怎么骗过家长。而这些家长呢，发现孩子犯了错，该原谅的时候非常严厉地苛责，不该替他对外掩盖的时候又帮忙掩盖，最后这样拧巴的教育方式，就培养出了药家鑫这样的人。很多人觉得他在撞了人之后又捅对方八刀的原因匪夷所思，我却觉得我仿佛看到他是怎么长大的。他的这种无赖逻辑，在这个遍布无赖的国家里是再"正常"不过了，这就像当年我的学生们，只懂得逃避眼前的责任，却不懂得如何真正替自己着想，权衡利弊，惹了是非之后，不知道勇敢承担是反而更有利于自己的选择，于是做出了一个愚蠢的决定，最后造成了无可挽回的终身大错。

一方面教育小孩子要说实话，承诺说实话不会受惩罚，一方面不能信守承诺，等孩子说了实话之后就加倍惩罚，永远被钉在耻辱柱上。一方面教育孩子要诚实，一方面遇到事情自己

也会撒谎，抵赖，逃避责任。所谓言传不如身教，这样扭曲的成人的世界，从小就让很多中国孩子耳濡目染，惹是生非后要坚决抵赖。我曾经跟我的母亲聊过“文革”时期的一些事情，母亲说，别相信什么“坦白从宽，抗拒从严”，其实是“坦白从严，抵赖免责”。你看到成人的世界有多少秋后算账的故事，孩子的世界就学会多少谎言，没有人教过药家鑫要如何去真正地为自己权衡利弊，没有人教过他两害相遇取其轻这样简单的道理。因此他在第一时间只想到无论如何要抵赖，这非常符合中国式的无赖逻辑，只不过他把它发扬光大到了极致而已。

现如今，药家鑫已经被枪决，当一切成为过去，人们的愤怒渐渐平息的时候，也许才会重新审视这个年轻人这样的行为。我甚至相信他的父亲是一个十分严厉的男人，可能是过于严厉了，才致使儿子在闯了祸的第一时间，没有打电话向父母求助，反而做出了那样愚蠢的事，这是人性的悲剧，也是教育的悲剧。写下此文，希望悲剧不再重演，大人们能够反思自己的教育方式，中国式的无赖逻辑，在未来能够少一些。

弱者的江湖

《比汤姆·克鲁斯幸福的韩寒》写完后，因为说了一句“每个人都要生存，这个国家的女人不能靠法律和公平的社会制度去保护好自己，也没有更宽容的舆论环境去接纳离婚后的自己，那么她们就只能靠自己的江湖智慧去保护自己……”有读者看到后，抛开整个文章不谈，单单就此句发表感想，写了一篇弘扬女性江湖智慧的文章，再后来，甚至看到有人说是我本人在鼓励这样的“江湖智慧”。这样的误读让我很无奈，虽然我说自己可以理解江湖智慧，但实际上我个人一直不怎么喜欢这一套，也早就不再看《后宫 · 甄嬛传》之类的戏，所以关于我鼓励“江湖智慧”的说法肯定是个误会。

关于韩寒的这篇文章正被大家热烈讨论的时候，曾有一个

男性读者问我，为什么你们女人总是以弱者自居，我说一个人是强者还是弱者都不是绝对的，取决于他所存在的关系。事实上，一方面这世界没有几个人可以做到绝对而持久的强势，除非你拥有的是极权。另一方面，你也会衰老，手中的权势会失去，你上有父母，下有子女，只要你关心他们，爱他们，他们就是你致命的弱点。所以你总会在某一种关系中处于相对的弱势，这一点我在当老师的时候感觉特别明显。我的学生家长都是当地的银行行长、法院检察官一类有地位的人，但是他们对我这个晚辈说话都很客气。我也明白这并非是因为我这个人如何被他们所尊重，而是在我和他们孩子的这种师生关系中，我就是更有权力的那一方。一个女教师在她的婚姻关系中可能是这段关系的弱者，到了学校，在师生关系中，就可能是握有权力的强者，这取决于把一个人放在什么样的关系之中，而不能一概而论地把一个人是强者还是弱者绝对化。在契约社会，我们强调要建设法律文明，就是努力用制度的公平去保护每一种关系中弱势的那一方，如果一个人在一段婚姻关系中是弱势，法律就理应保护他得到一切该得到的利益。如果他在师生关系中是强势的一方，那么他的权力就理应受到限制。这就叫法制文明，那么江湖是什么呢？江湖的本质其实就是四个字——弱肉强食，所谓的江湖智慧，就是当你是强者的时候你怎么抢到更多，你是弱者的时候你怎么想办法去保护自己。可是如

果你想不出办法呢？如果是三岁大的孩子呢？是八十岁的老人呢？你的敌人强大无比呢？那你就只能依靠运气好，遇到大哥大佬来救你，否则你就只能自生自灭了——这就是江湖。

中国人特别迷信两样东西，一是道德，一是江湖，前者滋生出一群卫道士满口仁义道德，却对这个国家日渐沦丧的价值观起不了一点实质性的改变。后者让人崇拜强权，唯成功学是论。那些成功的偶像之所以为人们所崇拜，是因为成功带给他们的权力，人们总是幻想着自己有朝一日也成为一个强者，或者站到强权的队伍中去，最不济能和强权结盟，然后人生的一切问题就迎刃而解。那些做不到的人，则要么因为自己是弱者而愤怒仇视这个世界，要么以自己是弱者为耻，用阿Q精神哄骗自己，他们不能认识到自己也只是相对的弱者，和强者一样信奉弱肉强食的丛林法则，理直气壮地当自己在一段关系里处于强势一方的时候，就去仗势欺人，将自己的利益扩大到最大化，在另一段关系里弱势的时候，就采取做小伏低的策略，靠精明算计来保护自己利益，这就是所谓的江湖智慧。

可是，那些笨到、弱小到一点江湖智慧都没有的人要怎样活下去呢？如果他们恰恰又是你的父母、孩子和朋友呢？就拿前些日子，在微博上出现的幼儿园老师虐童案来说，那个虐童的老师虽然受到了公众的强烈谴责，但是她却丝毫没有悔意，最后只被罚了5000块钱了事。要说江湖智慧，我看那个幼儿

园女老师也很有“江湖智慧”呢，她之所以敢那么干，还敢晒照片甚至丝毫不会反省，就是因为她清楚地知道自己并不会受惩罚，这就是恶人的“江湖智慧”。你有多少的“江湖智慧”可以算计过所有的人？你再聪明，再强势，又有多少精力和手段，能一天二十四小时地保护家人面面俱到？如果法律健全，制度完善，该抓的抓该判的判，这样的事会少很多，如果幼教从业制度严谨，并得到严格执行，这样的人混进教师队伍的可能性就会减少很多。是时候抛弃对所谓“江湖智慧”这种旧观念的迷信和依赖了，道德谴责和江湖智慧已经越来越没有办法保护我们。

作为一个普普通通的写作者，在这个社会中的很多的关系中，都是处于弱势的一方，但是我并不以我是一个弱者为耻。我承认并接受这一切，我也不想去宣扬什么江湖智慧，去充当一个强者，我是一个文人，我最大的理想是写作而不是权力，因此我对当强者一点都不感兴趣。我觉得一个真正美好的世界，本来就应该是一个弱者也能舒适生存的世界，是一个不需要把自己伪装成强者，不需要成天工于心计，钩心斗角也可以被公平对待、被尊重的世界。而实现这一切，需要的不是江湖智慧，是法律和制度的公平。建设制度的公平无比艰难，但它对于我来说，是一个非常明确的努力方向。而弱者最大的智慧，就是努力去颠覆这个弱肉强食的江湖，去建设一个文明的世界。我

不知道人们要到什么时候才会抛弃那些陈腐的对江湖智慧的迷信。也许要很久之后，也许我写这些其实也没什么用，但是有些话，说一说总比不说好。

| 把悲伤留给自己的人 |

早上起来听到罗宾 · 威廉斯离世的消息，打小看他的电影长大，给我带来那么多欢乐时光的老头儿就这样离开了，心中的难过真是无法表达。看新闻里警方的报道，说他是因为抑郁症自杀，人们都很吃惊，不能理解这么乐观开朗的人为什么会得抑郁症，更没想到会严重到自杀。这让我想起前阵子看到有人提到过一个问题，为什么微博上某个写出很多欢乐搞笑段子的段子手会得抑郁症，我正好对这个事有感受，就回答了这个问题：

> 星相学解释说，有一种本命土星三宫或者落在双子座的人，平时很多话，他们对身边五花八门的话题发表意见，

给人很善于沟通、甚至幽默风趣的印象，但是假如你细心观察，就会发现他们虽然说了很多，内容包罗万象，上天入地，但是没几样事情是跟他的私事有关，涉及他们内心的，大多浅尝辄止，你会发现你跟他认识很久，你们说过很多话，但是却对他本人一无所知，他对自己的事、自己的内心常常闭口不谈，这种人通常不能直接说出自己内心的痛苦，对表达自己真正的情感需求是有障碍的，他们是真正意义上的沉默寡言者，是真正内向的人，尽管他表现出来的可能是非常健谈，但这也是一种过度补偿心理。

以上的这个观点是我从占星学家丽兹·格林（Liz Greene）的书里看来的，也许从心理学或者其他的研究中，我们也会找到相应的解释。初读此观点，我就被击中了内心，因为我自己就是这样的一个人，从小被视为开朗乐观，善于表达，但其实是一个真正的内向者，也许是因为总希望别人和自己在一起的时候是快乐的，也许是因为父母的教育，总之，在我成年之后，我渐渐发现自己一直缺少把痛苦说出来的能力，我对于表达自己内心真正的痛苦有障碍，于是最后反倒成了一个作家。而我身边的一些有抑郁症的朋友，其中有几个也是成天嘻嘻哈哈，在微博上呈现出各种轻松愉快的状态，谁和他们在一起都会觉得开心，但是我知道他们其实也是和我一样，心中的痛苦无法

与人说，我们和那些动不动就在网上晒泪眼，晒哀怨，晒孤单的人不同，其实那些人常常反倒呻吟一下就过去了，没什么大碍的，但是他们得到的关注和安慰会更多。我这样说并非批评这些人，相反，有时候我甚至很羡慕他们能够轻易地表达自己的感受。这也可以解释为什么很多喜剧明星，比如金·凯利、憨豆先生都是抑郁症患者，他们是真正把悲伤留给自己的人。前一阵子看有人写周星驰的一篇文章，说他是个忧郁的纠结太多的人，让人担心，反倒是当年竹筒倒豆子一样一直在对着媒体抱怨的朱茵，有什么话也不憋在心里，其实不会有什么太大问题。

我从来没有在媒体上读到过老罗宾抱怨自己的生活，讲述辛酸奋斗史，他总是把欢笑带给别人，然后有一天自己就这样走了。这真让人难过，人们常常只看一个人的外表，就做出某个人是忧郁的或者是幸福的这样轻率的判断，而真正的痛苦是深深埋在八万英尺以下的海底，常常被人忽视，看到了也不会被人理解，或许有一天有人先退场了，大家就会说，原来他表现的那些快乐都是假的。其实那也并不是假的，只是浅的，只是一个人的一部分，而他深深藏在心里的那一部分，仿佛海面下的八分之七，不是每个人都能够看到的。也许正是由于他们懂得痛苦，才会心存善意，由衷地想看到大家的笑容吧，这是他们温柔地对待这个世界的方式。于是他们中的一些人去做了

喜剧演员，把欢笑带给大家。

再见！船长，再见！谢谢你曾带给我的欢乐，陪伴我成长，我将永远铭记在心。

| 一座城池的耸起和一间书店的倒掉 |

2008 年的 9 月，我在网上看到消息说，上海陕西南路地铁站里的季风书园因为十年的合约到期，续约又面临着租金上涨、资金不足的问题，面临着关门危机。季风书园我从前一直不熟悉，只是偶尔在上海办事的时候，在地铁陕西南路下车，会匆匆瞥上一眼，暗自盘算着什么时候有时间一定要好好地逛一下。2006 年的春天，我到上海帮朋友办事，我的朋友米老排正住在陕西南路地铁站旁边的医院里，我去探望他。那是一个晴朗干净的下午，他精神不错，于是拄着拐杖和我一起偷偷跑出来逛季风书园，我们混迹在人群中等红绿灯，过马路的时候，下午的阳光洒在斑马线上，他突然说，这就是滚滚红尘啊，那时候他已经是骨癌晚期，这可能是我们见的最后一面，但我们

都不以为意。进了书店，我惊叹原来这小小的门脸里别有洞天，他告诉我，这是全上海他最喜欢的地方，然后扎进书堆里不见了。过了一会儿，我在一排书架前找到他，他正在聚精会神地看一本书，拄着拐杖，我突然意识到，他原本壮实的身体已经只剩下一半了，在宽大的病号服里显得空荡荡的。我用手机给他拍了张照片，结账时，他买了本书给我，后来我一直没看完。

八个月后，也就是 2007 年的春节，老排去世了，那一年的春节离开的人很多，我的父亲于他之前几日离开，在他之后，是我的另一位朋友。我在父亲离开之后两个星期才得到他的消息，都没来得及为他哭上一哭，但是我一直保留着他的手机号没删，一直留着他的照片，还有他的博客，他的 MSN，还有每次去上海的时候，都会去季风书园里转一转，好像不是有意要怎样，只是会那样而已。每次看到有人发季风书园的照片，都会下意识地找一下我找到老排的那个书架，不是有意要怎样，只是会那样而已。

即便对季风书园有如此的回忆，看到人们发起活动声援季风书园，抵制房租涨价，我仍没有参与。因为我认为问题的症结根本不是由于一个上海的房东要涨房租，也不仅仅是人们改变了购书的方式，是我们的这个城市的建设导致城市里的人们的生活方式完全被改变了，从而也改变了一切。在我们的生活每天都被肆无忌惮地摧毁又重建的时代里，你又如何能够让

一间书店于尘世之外独存呢。记得前一段时间采访《城记》的作者王军老师，聊起关于城市建设这个话题，他说我们的城市是一个不能行走的城市，这个城市是为了汽车建造的，人们打破了原来的城市的布局，加宽了马路，建设了封闭的小区，你无法从一个地方简单地走到另一个地方去，城市建设和每个住在城市里的人息息相关，改变了人们的生活，也改变着人们的命运。

我来到北京后已经很少逛书店了，大多数的书我也会到亚马逊或者当当上去买。在北京，我最喜欢的书店是万圣书园，但是它坐落在城市的另一头，坐车来回要四个小时，三联韬奋书店更近一些，但是要倒上两趟车，打车来回要四十多块钱，如果想去的话，也要计划出一整天的时间才能成行。在家乡的时候，以我家为中心出发，步行十五分钟之内便会有三家三层楼的书店，从前我总觉得这是因为我的家乡地方太小、太落后所致，跟王军老师聊完之后，我才明白，那才是一座城池的感觉，北京才是按照美国大郊区建设的，而且是没有鸟语花香的大郊区。 老北京人一直都固执地认为只有四九城里才算是真正的北京城，其实他们的这种说法是对的。

像逛书店这种闲散生活是奢侈的，是一座即便是平民也能活得有尊严的城市才有的乐趣。但这不是我们的城市，我们的城市是一个充斥着暴发户心态的城市，只有开宝马住别墅的人

才活得有尊严，人们为日新月异的科技发展沾沾自喜，为高楼大厦的建立赞叹不已。这个城市没有一个老邻居，不可能容得下一个三四代人都记得的书店。他们以为所谓城市的记忆就是水立方、鸟巢、国家大剧院。却不知道，一座城市的记忆，是曾经街角那家烧饼铺、楼下的小书屋。而水立方、鸟巢、拥挤的三环，这些供人瞻仰，参观留念，顶礼膜拜的建筑，却从来不属于一种生活，不会是我们生活的一部分。在这座城市里，人们正在肆无忌惮地毁掉一切再重建，他们不珍惜自己的记忆，也不珍惜关于城市的记忆。那么，一座书店又算得了什么呢？

所以我虽然为季风书园感到遗憾，但也只是心下淡然，在这样的城市发生这样的事情并不奇怪，不发生才会奇怪。我只是想，如果有一天，当人们发现他们已经丢掉的记忆是他们的无价之宝，他们要到什么地方去把记忆找回来呢？此时的我，除了安静地看着这一切，无事可做，唯有把内心珍藏的关于朋友的记忆，继续珍藏下去了。

亲爱的老排，你喜欢的季风书园，可能要关门了。没什么，只是想写一封信，告诉你而已。

附：和《采访本上的城市》作者王军老师对话

水木丁：你是学新闻干新闻的出身，这个行业会让很多人成为一个杂家，你却成了一个城市问题专家，你是怎么走到这条路上来的？

王军：我觉得我并不是一个专家，我只是一个记者，其实开始主要是新华社给我的任务。我大学一毕业不想干这个，我想当个教育记者，但是 1991 年毕业到新华社北京分社，分配给我的就是城建口。新华社和其他的新闻单位又不一样，每个记者都有给新华社写内参的任务。我们必须把工作做得比较深，比较透。也许我是一个认真的记者，任何问题我都要到现场去，我觉得我的工作没有禁区。因为我处在这个位置，所以有很多问题也会主动找到我这里来。

水木丁：当时写《采访本上的城市》抱着什么样的目的，希望达到什么样的效果吗？

王军：我没有想那么多，我不是什么专家，也不是什么斗士，我只是一个记者，整本书就是我作为记者写的报道。我觉得记者的工作是让大家能够沟通，人和城市之间的沟通，城市

中不同阶层的人也能沟通，记者起了一个桥梁的作用。沟通并不是说要放弃原则，沟通是让大家更加认识原则。是什么样的原则导致了我们的城市会遇到很严重的问题，什么样的原则可以给我们带来一种安全、友爱，或者你放弃什么样的原则，你让别人不安全，有一天你也会不安全。我的故事是想让大家来想想这个事情。

水木丁：您曾经说过，一本书，回答一个问题就可以了，《采访本上的城市》这本书里的这“一个问题”是什么呢？

王军：中国城市的游戏规则是什么？

水木丁：我们的城市其实有很多问题，为什么会是这个问题呢？

王军：中国在城市化的过程中有各种各样的矛盾。我作为记者，一定要做出很全面很平衡的报道。我也不愿意把任何人妖魔化。比如说有一个老百姓找到我，他被开发商打了，是个官商，于是我找到打他的那个人，结果我发现，如果他们两个位置调换一下，故事肯定还是一样的。到底是什么样的一种规则在背后起作用？所以我觉得，我一定要把这个游戏规则找到，并且告诉大家，一个伟大的城市，应该让人活得更好。

水木丁：你是怎么开始怀疑我们城市的游戏规则有问题的呢？

王军：亚里士多德曾经说过，人类是为了活着来到这个

城市，为了活得更好。我觉得这番话对我们今天这个城市依然有用。虽然我们今天的城市有了那么多先进的技术手段来轻易满足人类的各种欲望，但是现在反过头来再看，一个伟大的城市，还应该是那样。这就涉及怎样活着，你的理解是什么。我想我的这本书，大家看完之后，恐怕会对活着这个问题，有更深的理解吧。我相信，人类产生城市，是因为人类需要在一起分享机会，分享情感。我觉得这是人类产生城市的哲学。这个哲学和这个城市产生的基础是不应该被漠视的。因此，我对那种有宽大马路，有围墙有大门的小区，过度考虑汽车速度的城市规划，把步行系统毁灭掉的城市改建行为深深地怀疑。

我相信怀疑这个事的人不少。因为大家会觉得在城市生活的乐趣在减少，在街道上逛的乐趣在减少，在中国，只要是被改建过的地方，都没法走路了，街道上的故事都没了。我觉得其实大家都觉察到了这个问题。

水木丁：但很多人会首先怀疑是自己有问题，是自己不适应这个飞速发展的城市了，跟不上城市的现代化，而不是我们的城市建设有问题。

王军：其实这就是异化了，就是人造一个像，然后向它下跪。城市也是这样，城市是不需要任何人向它下跪的。如果你生活在一个城市，却生活在一个自我否定的氛围里的话，那么这个

城市应该灭亡了。我也经历过这样一种过程。所以中国人要从小有很好的乡土教育，要从小培养他对其生活的这个城市的认识和理解，再慢慢培养一种公民的责任和意识。如果政府拿着大量的纳税人的钱，做公共工程，却产生了严重的问题，甚至构成了你所说的，对公民个人的自我否定，我觉得这是值得怀疑的现象。在一个公民社会里，大家应该能够对政府用纳税人的钱做的投资，做出一个正常的评价，而不是相反，这是一个公民社会最基本的一个东西。

水木丁：但是我们一边丧失自己的尊严，怀疑自己，一边又对现代化的城市十分向往。

王军：真正的现代化，是人的现代化。如果有那么多的朋友这样认为，那么让他们看看我的书吧，看看我是怎么觉醒过来的。我在这本书里也写到，美国是怎么觉醒的。他们在二战之后大规模改造老城，高速路铺到老城，大家都去开车，最后导致了整个城市的瓦解。当它成为一个高能耗的汽车的城市，这个城市的浪漫生活就再也没有了。所以从上世纪八十年代开始，他们的规划学界包括整个社会，有一次集体反省。我在书中写了这个过程。我想中国肯定也要经历这个过程。因为我们的规划理论很多是从美国学过来的。

水木丁：好像我们已经在经历这个过程了。比如现在正值奥运期间，我们突然发现北京城装不下那么多车，所以开始单

双号限行，然后人们也发现，这个城市并不适合行走。

王军：一般人不会认为这是一个正常的情况，他会觉得这是一个非正常的应急措施。我觉得这些年，其实我们也有所改变。比如现在地铁的建设好，我平时都不开车，我觉得我享受地铁和走路的乐趣。当然我们城市的很多步行系统还很糟糕，我觉得慢慢地应该会做好。北京堵车堵成这个样子，在奥运申办成功之后，其实已经在做一个规划，想改变这种情况。就是我们一定要靠公共交通，而不是小汽车来解决城市交通的问题。我相信北京现在已经开始意识到这个问题了。

我想说的是，建设部门一定要有所反省，它一定要对它的道路设计规范，居民区的设计规范，做出一次重新的检讨。因为在上世纪九十年代，我们是以这种大马路、大的街坊、小区来扩张。老百姓怎么会觉得好呢，他买东西都不方便，有个小区圈在那儿，他上哪去买东西呢？小区外面是城管大队，想吃点小吃，城管大队来了。他要走路五六公里到一个 shopping mall 去，买了东西怎么回家？这都是我们根据美国的郊区城市的那套理论规划来的。但是这套理论已经在十多年前被美国自己给彻底否定了，我们还在拿来做一种城市规划。

水木丁：了解这样一个游戏规则对一个普通读者来说有什么用呢？他们并不是城市的建设者和规划者，他们的力量是渺小的。

王军：人们对城市的问题并不是无知无觉的，来找过我的人，他们的痛苦是刻骨铭心的，会对这个外部世界产生怀疑，怎么这个事情就落到我们家头上了，这个世界怎么会变成这样了。所以要有公众参与，要有社区参与。可能老百姓在完全不知情的情况下，他们家就被人规划了。被规划成了一条马路，或者开发商的一个楼盘。他们的生活受到了彻底的影响，但他们无法参与到影响他们生活的过程中去。这是一个要根本改变的东西。规划师也不会自动变好的，人民要起作用，比如某城市的磁悬浮经过社区，老百姓反对，说你不能影响我们散步，当地政府也做出了妥协。这就是好事情，我相信，大家还是都想把这个城市变好。

水木丁：难道我们的市长、建筑师、规划师不考虑这些吗？他们不买菜吗？他们不是和我们呼吸着同样的空气吗？建设我们的城市的人，到底是一些什么样的人？他们怎么就能决定把这个楼拆了，在那里改建一条马路呢？

王军：我刚才已经讲了，我们的城市游戏规则有问题。它的税收状况有问题，它的来源不正常，没有物业税，靠卖地。因为政府不收物业税，所以市长只有靠卖地的收入和来自工业的增值税来发展城市。如果在一个税收制度正常的城市，大家都会支持清洁城市，保护文化遗产，为什么？因为城市只要环境好，城市的物业价值就是稳定和升值的，那么政府就可以通

过物业税得到回报。

我在采访过程中见过很多建筑师和规划师，包括很多政府官员，他们都抱着和我一样的态度，但是大家都无能为力。因为这个规则在起作用，你要知道，所有的规划师，他都必须要考那两个伟大的规范（道路设计规范和居民区规划设计规范），他才能拿到规划师执照。他所有的图，必须以那个东西为准绳，才能得到通过和实施。他们有再好的想法，又能怎样呢？我们已经把一个非常有问题的规划理论，变成了一个公共规范，你让他们怎么办呢？

水木丁：那么我们的城市现在有这么多的问题，责任到底在谁呢？

王军：如果你一定要追责任的话，我觉得我们每个人都有责任，包括作为记者的我。因为我们太长时间对这个事情熟视无睹。我们都在支持这样一个有问题的规范的存在。你不能说这只是建筑师、规划师他们的责任，因为每个公民都有责任。老百姓一直在做这个事情，像北京的老百姓，他们在拆迁的过程中，在不断地主张自己的权利，其实很早就开始了。

水木丁：你觉得我们的城市还有希望改好吗？

王军：当然有希望。城市永远是有问题的，人也永远都处在问题当中。人类永远在面对问题，解决问题。你看看波哥大、波士顿是怎么做的，人家城市面对如此严重的问题，但能在短

短三年之内扭转这个事情，难道我们中华民族就没有这个信心吗？我们首先是一个有希望的民族，要能正视自己的问题。当然还是要改的，因为我们希望生活得更美好嘛。

| 其实他对这个世界充满深情 |

高仓健先生去世的消息传来，没有觉得特别吃惊，先生已经 83 岁，生老病死，乃人生逃不过之结局，因此内心虽然悲伤，却只是希望他走得安详就好。想起今年秋天，我后知后觉知道他在 2012 年时复出拍了一部《致亲爱的你》，便立刻去找来看了，电影里的高仓健先生虽然相对他那个年龄的人来说，身子骨还硬朗，腰板也很直，但毕竟是一个 80 岁的老人在扮演 60 岁的老人，时不时显现出垂老之态，他高大的身形已经缩小了，人很瘦，从远远的地方走过来，呈现出老年人因为肌肉萎缩，控制不了身体，腿往外甩的步态，裤管空空的，风吹过来时一荡一荡的。我鼻子一酸，眼泪就掉下来了，当时就想，这应该是他最后一部电影了吧，结果真的就是最后一部了。

按理来说，他不能完全算我们七零后这一代人的偶像，但因为我有大我许多的哥哥和姐姐，也目睹过当年他们对高仓健的迷恋。我姐带着我一遍遍去看他的电影，我哥穿过高仓健同款风衣，后来还有一首歌叫《高仓健你快走开》，唱歌的常宽是个瘦小的歌手，他唠唠叨叨地劝姑娘们，其实高仓健没有他这种型的男生可爱。我看过高仓健好几部电影，在儿时模糊的印象中，他是一个沉默的男人，人人都说他是个硬汉，没有人见他流过泪。人们学他穿风衣，带皮手套，留寸头，不拘言笑，但是没有人能够真正学到他沉默中的那种气场，那是一种让人安定的东西，像远山一样，只要存在在那里，望一眼，心里就踏实。如果他能活八十年，就八十年不改变，如果他能活八百年，就八百年都不会改变。我想这也是我在这么多年之后，想到要找他最后一部电影来看的原因，在这个人人比着能说会道，甜言蜜语，人人内心浮躁，想要抓住世界的潮流的年代，我有些想念这位沉默如山的老先生了。在喧嚣的尘世想念一个安静的人，也许是在内心深处，也想感染一下他身上那种气场，去一去自己的浮躁，给自己定一定心吧。所幸的是，他虽然已经成了一个老头子，但是那种气场使人安定的能量还在。

张艺谋在他回忆高仓健的文章中讲了几件事，让我印象深刻。一是拍《千里走单骑》的时候，有一天，高仓健所有的戏拍完了，张艺谋怕老先生累到，就请他先回去，按理任何一个

演员都会高高兴兴地回去了，但是高仓健不这样。“六点钟让他回去了，九点快收工，天已经黑了，副导演忽然慌慌张张地过来跟我说：‘导演，高仓健没走！’我说：‘为什么没回去？出事了？’原来，高仓健说导演和全体人员都在工作，他也不能走。他就一直在山地拐角下站着，默默看你工作，站了三个小时，不打搅。剧组全队上汽车走，老爷子给远远鞠躬。他不过来，鞠完躬走了，七十多岁的老人，站三个小时。”还有一次，两个人“坐在一个大堂酒吧，远处一百米以外是大堂，人来人往，但是这个酒吧里人很少。我跟他在这儿坐了一个多小时，大堂有很多人走过，有日本人突然认出他来了，走到酒吧门口，离了有四五十米，深深鞠一躬就走了，也不惊动，也不过来。就这样，来来回回四五十人给他深深鞠躬，悄悄走了。”“每次去日本，每次赶飞机，他会在地库，看我的车走，远远给我鞠躬。我吓一跳，老爷子什么时候来的？已经来了一个多小时，他也怕人家认出他，站在地库，一堆车后面，远远地送。”

日本人认为高仓健是一个神，在云端，但是张艺谋说在高仓健身上看到的是中国古代的那种“士”的精神，士的精神到底是什么？很多年前张承志在《清洁的精神》曾做过阐释：“没有今天，我不可能感受什么是古代。由于今天泛滥的不义、庸俗和无耻，我终于迟迟地靠近了一个结论：所谓古代，就是洁与耻尚没有沦灭的时代。”“那是神话般的、唯洁为首的年代。洁，

几乎是处在极致，超越界限，不近人情。”在这篇文章里，张承志把聂政、荆轲拿来做洁的代表，无独有偶，张艺谋也曾希望在拍摄《英雄》时，请高仓健来出演那个叫无名的刺客，但是高仓健说，我对打打杀杀没有兴趣，于是这个角色后来给了李连杰。几年后，他在张艺谋的《千里走单骑》里扮演了一个安静的男人，2012 年，当他拿到《致亲爱的你》剧本时，他对大家说，这是他想演的电影，于是他在阔别银幕多年后，终于又回到了观众面前。在电影中他扮演一个老狱警，妻子死后，为了实现妻子的遗愿，将骨灰撒到家乡的大海，便开着车踏上了旅途。一路上遇到各种不同的人，人们与他萍水相逢，却情不自禁地信任他，愿意向他袒露心事，而他呢，只是安静地听着，无言地举起杯中酒。

他并非冷酷，只是安静沉默，因为对这个世界太深情，深得超过了任何人，所以只能用他自己的表达方式，这方式太古老、太干净和疏远，不是现代人的亲昵和热情，也注定了他无法走入现代人那种亲密无间的关系之中，注定只能一生孤独。他的一生，爱过他的女人不计其数，但是神一样的男人只适合遥远地敬爱，对女人来说亦是如此，水至清则无鱼，夫妻关系是在对方面前打嗝放屁都不需要感到羞耻的亲密，但是在一个对精神清洁的要求如此极致的男人面前，恐怕很难过普通夫妻琐碎却亲密的人生吧。他像远山一样坚定而不可改变，所以曾

挚爱他的妻子江利智惠美在多年苦苦地走不进他的世界之后，终于忍无可忍中爆发。虽说后来也曾经后悔，但是她又有什么错呢，也许她离开了他之后，又看他如远山，才回想起他的好。但大丈夫一言，万死不辞。很多年后，他终于开口对人们谈起这次婚姻："在伤到别人的心时，伤的往往是最重要的人的心，不，不如说正是最重要的人，反而伤得更重。世上不会有人比她更宝贵，明知如此，不知为什么，反而会做出深深地刺伤她的事。"其实她伤他的程度又何尝不是如此，对于一个"以洁为美，为洁而勇"，以耻为做人底线的男人来说，当众召开记者发布会单方面宣布分手这种事，是一种极致的羞辱和伤害，这伤害也让他深深地反省与自责，明白自己这样的个性会给别人带来痛苦，所以"没有资格谈论男女关系"。于是，他就真的终身未娶，此生再未负过其他人。

1982年，江利智惠美僵硬的尸体在她东京的公寓里被发现，享年45岁。在她去世后，有人曾看到高仓健面色悲恸地久久伫立在江利的遗像前。读到这条新闻，我有点明白高仓健君为什么要在80岁的高龄，接受《致亲爱的你》这部电影了。在影片中，年迈的他走过人生最后的旅程，来到妻子长大的小渔村，漫步在她曾经生活过的世界中，偶然看到一家照相馆的玻璃窗里，竟然还摆着妻子少女时的照片，久久凝视，然后默然走开，陈旧的小巷里阳光明媚，好像张枣的那首诗："只要想

起一生中后悔的事，梅花便落满了南山。”

生而为高仓健的一生，是怎样的一种存在感呢？在这个以不知羞耻为时髦，对肮脏不假思索地接受，麻木到毫无底线的时代，像这样一个好像从几千年前穿越而来的人，一定会很孤独吧。如今他也走了，地球上最后的一个士不再有了，人们争相纪念他，希望用各种形容词归纳总结他，但是大家却只看到他的外表，而他的内心，却是像张承志说的那样：“这不是一个很多人都可能体验的世界……今天的中国人，可能已经没有体会它的心境和教养了。”这个世界不复杂，但是洁与耻是如此难于坚守，我们人人都在失守，将自己的底线一点一点地后退，而高仓健先生用他这 83 年做到了这两个字，从这个角度来讲，他的人生是完满的，也是平静的。

| 承认吧，其实你们喜欢文艺青年 |

在《英国达人》的第二季里，有一位“羞涩先生”，他白天的工作是一个卡车司机，晚上给快餐店送比萨，但是他很想在舞台上给大家唱歌，于是就来到了这个火爆全英国的选秀节目。这恐怕是这个节目里最紧张的一个参赛选手了，他唱完一首歌唱之后走到台下，浑身都在发抖。他的本意，只是想在舞台上挺过三分钟，看看自己能不能当着众人唱歌，但是他的歌声打动了所有的人，这是他自己也没想到的结果。在表演结束之后，当主持人问他此时的感受时，他只是一个劲地说：“我感觉此刻自己完整了。”

这个害羞的家伙，是我喜欢的那一类人，我总能把他们认出来，他们可能是农民工，是售货员，是学生、老师或者无论

做什么职业的人，但他们骨子里都是“文艺青年”，他们潜伏在社会的各个角落，做些日常的工作，过平常的日子，但他们的心里永远有对艺术的热爱和渴望，对美的向往和追求。《英国达人》这个节目基本上就是为了给所有潜伏在英国各个角落的文艺青年一个展现自己的舞台而开办的。还记得第一季的冠军，那个卖手机的叫保罗的胖子，他就是一个标准的文艺青年。他不好好过日子，把自己赚来的所有钱都用来学唱歌，欠了一屁股的债，差点没为了学声乐死在意大利。这个人长着满脸横肉，一副暴牙，简直就是一个男版的英国王彩玲。可是当他开口歌唱的那一刹那，仿佛天上照下一道光芒在他的身上，他的目光是温柔清澈的，他看人时的表情，是对这世界充满善意爱怜的表情。一个不曾被艺术洗刷过的灵魂，不会有这样的表情。所有的人都为他起立鼓掌，并且感动得泪流满面，称他为奇迹，人们开始喜欢他，就像今天喜爱这位羞涩先生，其实他也只是唱了一首歌而已。视频传到中国后，很多被他们感动的国人里，不乏那些素日里总是讽刺挖苦文艺青年的人，也有那些写文章教育编派文艺青年的人，可是大家也都感动了，很多人并没有意识到自己是多么自相矛盾。也没有意识到自己正在为平素瞧不起的人叫好，为自己平时抵制的生活而鼓掌。他们忘记了自己对别人的告诫。

不知道从什么时候开始，我们这个社会形成了一种视

文学艺术为洪水猛兽的价值观，人们惧怕文艺，给它罗织了一些罪名，其中最被津津乐道的罪名之一，就是认为文学和艺术会毁掉一个人的生活。这样的说法其实很可笑，要知道这世界上能毁掉一个人生活的东西实在是太多了，赌博、吸毒、疾病等等，这个世界上会毁掉生活的东西还少吗？会毁掉生活的人，怎么样都会毁掉他自己的生活，你该是什么样的人就是什么样的人，一个人的生活如果毁了，那是他这个人自己的责任，文学和艺术没有责任。看看这位羞涩先生，看看卖手机的保罗，还有现如今家喻户晓的苏珊大妈，就会明白，真正的文学艺术不会毁掉生活，它只会拯救平庸的生活，它点亮的不仅仅是自己的生活，还有那些惧怕它的人的生活。

据说给文学艺术的另一项罪名是，它让年轻人矛盾纠结，无法脚踏实地地工作生活。关于这一点，很多人的现身说法是，自己当年如何是一个文艺青年，后来醒悟了，放弃了追求文学艺术，回归了生活。可是这是多么自欺欺人啊，那么多放弃了文学艺术梦想的人，也并没有成为比尔·盖茨或者马云不是吗？在这个世界上，我们绝大多数人都是平凡的人，如果手机保罗和羞涩先生放弃对艺术的热爱，他们也不过是一个普通的手机销售，一个送比萨的卡车司机，他们也并不会成为美国总统或者英国首相。那些说生活中的矛盾和纠结，是文学艺术

造成的，就更是可笑了，难道放弃了文学艺术，生活中就没有矛盾了吗？生活本身就是矛盾的啊。这和文学艺术没有关系。三姑六婆的生活一样有矛盾，柴米油盐的生活纠结之处更多。

真正热爱文学和艺术的人，其实是不会那么纠结的，手机保罗现在是家喻户晓了，但是他当初学习声乐的时候，并不知道自己一定会红，未来一定会出现一个选秀节目让他名扬英伦的。他只是因为爱唱歌，就去学唱歌了。所有的文学和艺术创作都是艰难的，创作者能否实现自己的梦想，也同样需要有毅力，有实干的精神，有在不断失败中越挫越勇的坚定。真正的文艺青年，恰恰是需要比别人更多的脚踏实地，心无杂念，勤奋耐劳，才能在这条路上走下去，他们并不会像人们以为的那么纠结。真正纠结的是那些伪文艺青年，半调子文艺青年，曾经文艺如今放弃的青年。真正的文艺青年从来不用证明自己的活法是对的，因为他知道自己要什么，知道自己是谁。而那些没完没了地拿文艺和文艺青年来说事儿的人，因为他们太想证明自己将要，或曾经放弃的是对的，才需要一遍一遍地说服自己，说服别人自己放弃的决定是对的，这样的人才会纠结。

我很不喜欢的关于文艺青年的另外一种说法是所谓的“文艺青年应该回归生活”，其实对于热爱文学和艺术的人来说，有文学和艺术的生活才叫生活，它就是生活本身，我正在我的

生活之中，又何谈回归生活？生活怎么可能毁掉生活？如果谁认为艺术毁掉了生活，那是因为它会毁掉你所认为每个人都应该过的生活。可是谁能说这个世界上只有一种活法，只有自己的这种语法是正确的，人家的生活就不叫生活呢？谁又凭什么说我的生活就不是生活，或者是“被毁掉的生活”呢？难道就因为我没活成你那样，我的生活就不叫生活了吗？如果有谁因为艺术毁掉了自己原来的生活，那是因为对于他来说，那生活本来就该毁掉了，因为那不是那个人自己想要的生活而已。

还是不要去告诉一个文艺青年该如何“回归”生活吧，我们不是上帝。所以我们都不要以“生活”的名义给人教训，每个人都身处生活之中，没有人需要回归“生活”，有些人口中的“回归”生活，其实是指回归他们制定了游戏规则的生活。其实这个世界越来越多样化，每个人都应该尝试着接受这个世界上存在着那些不爱和您玩的人。文艺青年没有妨碍过谁。如果实在不能接受，那就学会互不打扰吧。没有人会因此指责您没有及时拯救他们。如果你听到两个文艺青年在谈论卡夫卡、库布里克或者莫奈，就以平常心对待就好，就当自己是在听两个篮球少年谈论 NBA，足球迷在谈论英超一样，无需大惊小怪，觉得他们已不可救药。除了那些真正以文艺创作为职业的人，大多数都是一个人生活中的兴趣爱好而已。读几本书，看几场电影，赏几出话剧并不会损害他们的生活，相比之下，文艺爱

好，几乎是当今性价比最高的业余爱好了。

真正的文艺青年并不一定是那些光脚穿球鞋，摆45度角仰望天空照相发朋友圈的人，这些只是事物的表象，真正的文艺青年也和你一样，认认真真工作学习，赚钱养家，他们和这个世界上的任何一种人一样，有好有坏，有的可以做朋友，有的需要敬而远之，一个文艺青年到底是什么样的人，关键在于他这个人，而不在于他身上的标签。用贴标签的方式去认识世界的人，方法比较简单，但也比较肤浅。很多人诟病“文艺青年”总是夸夸其谈，拿腔装范儿，不喜欢他们的别扭，拧巴，我也不喜欢，但是哪个领域都有这样的人，一个拧巴的人干什么都能拧巴起来，他是利用艺术拧巴还是利用生活中其他的事物拧巴，是由于他的个性原因，而不在于他今天文艺了与否。

那些为“羞涩先生”在台下热烈鼓掌的人，为手机保罗惊呼奇迹的人，其实很多就是那些平时爱教训文艺青年的人。这个卡车司机，那个手机销售，即使不上台，他们气质上看上去也有点不一样是吗？好像身上总有一点别的什么。是的，因为他们是文艺青年卡车司机，文艺青年手机销售。口是心非的人们啊，承认吧，其实你们喜欢不像卡车司机的卡车司机，不像手机销售的手机销售。其实你们喜欢文艺青年。

图书在版编目(CIP)数据

什么是自由什么是爱 / 水木丁著.
—桂林：广西师范大学出版社，2016.4

ISBN 978-7-5495-7465-0

Ⅰ. ①什… Ⅱ. ①水… Ⅲ. ①散文集－中国－当代
Ⅳ. ①I267

中国版本图书馆 CIP 数据核字 (2015) 第 269998 号

广西师范大学出版社出版发行

桂林市中华路22号　邮政编码：541001
网址：www.bbtpress.com

出 版 人：何林夏

全国新华书店经销

发行热线：010-64284815

北京汇林印务有限公司

开本：787mm × 1092mm　1/32

印张：10.125　字数：140千字

2016年4月第1版　2016年4月第1次印刷

定价：35.00元